入鉄砲

情け深川 恋女房

小杉健治

時代小説文庫

角川春樹事務所

目次

第一章　謎の鉄砲

一

与四郎《よしろう》の目が覚めた。しとしと、雨が降っている。

十月五日、冬のように寒い日であった。まだ八つ（午前二時）くらいだというのに、やけに外が騒がしかった。

（信濃者《しなのもの》か）

十一月になると、信濃の山奥から深川佐賀町《ふかがわさがちょう》にも冬の期間だけ、半期奉公に来る男衆がいる。

寒い地域では、冬は農作物を育てることができない。江戸や大坂などに出て、半期だけ仕事を貰《もら》うのである。ただ、今年は十月なのに江戸へやって来た者たちも数は少ないがいた。

その者たちが浮かれて二日酔いなどをして、朝から騒々しいのかとも思った。

しかし、耳を澄ましてみると、どうやら違う。

酔っ払いの声ではない。

「日比谷《ひびや》先生が連れていかれた」

と、聞き慣れたしゃがれた声がした。

与四郎は、さらに聞き耳を立てた。

だが、言葉が途切れ途切れにしか聞こえない。

日比谷先生とは、近所の剣術道場の師範、日比谷要蔵《ようぞう》である。

剣術の腕が立ち、真っすぐな性格で、やや無愛想なところがあるが、人柄は好《よ》い。

町内で、慕われている。

その者が岡《おか》っ引《ぴ》きに連れ去られたのか。

与四郎は居ても立ってもも居られなくなり、上体を起こした。

隣には女房の小里《こざと》がぐっすり寝ている。

小里はお腹《なか》に悪いしこりがあり、半年ほど治療をしている。

よい薬に出会い、しこりは小さくなってきているが、それでも具合が悪いときには起きていることが難しい。

昨夜はめまいがひどいというので、早めに休んでいた。

与四郎は小里を起こさないように、静かに床を抜け出した。廊下に足音が響かないように歩き、裏口から外に出た。

北風が路地を吹き抜け、与四郎の体を震わせた。

声が聞こえるのは、そこから一つ目の角を曲がったところ。声さえ、寒さで震えているようだった。

そこへ行くと、近所の下駄屋の隠居、華兵衛《かへえ》と、『足柄屋《あしがらや》』に居候をしている蜜三郎《みつさぶろう》が話をしていた。

ふたりは与四郎に気が付くと、頭を下げた。

「どうしたんです？」

与四郎は二人に近づいた。

「足柄屋さん」

華兵衛は声を潜《ひそ》めて呼びかける。

与四郎が佐賀町で店を構えた四年前には、まだ下駄屋の主人であった。その頃《ころ》は五十を過ぎていたが、目立つほどの白髪もなく、肌艶《はだつや》もよかった。目鼻立ちがはっきりとした色気のある顔が、余計に若々しく見えた。三年前に内儀を亡くし、さらに二年前に倅《せがれ》に跡を継がせて隠居してから、急に老け込んだ。

ふたりが並ぶと、面立ちが似ているせいか、孫と祖父のようにも見えた。

「先ほど、日比谷先生が連れていかれたと聞こえましたが」

与四郎が切り出した。

「ええ、つい今しがたです」

華兵衛が眉間《みけん》に皺《しわ》を寄せて答える。

「何があったんですか」

与四郎は自然と声を上げた。

「わかりません。でも、連れて行ったのは益次郎《ますじろう》親分です」

蜜三郎が横から言う。

四半刻《しはんとき》（約三十分）も経《た》っていないという。亀戸《かめいど》の岡っ引き、益次郎が手下をふたり連れ、いきなり道場を訪ねたそうだ。さすがに夜中なので、日比谷もすぐに出てこなかったらしく、何度も戸を叩《たた》いていた。

日比谷要蔵が出てくると、数言交わしてから日比谷は益次郎たちに付いていき、永《えい》代橋《たいばし》を渡って行った。

その様子を、蜜三郎も見ていたという。

「昨日は、夜中まで宴《うたげ》がありまして、お客さまのおひとりが泥酔して廊下で寝てしまい、介抱をした帰りにその場に出くわしました。いまご隠居とどうしようかと話し込んでいたところで」

蜜三郎は近所の料理茶屋の『壇《だん》ノ浦《うら》』に奉公している。そこへは、与四郎が口利きをして、働くこととなった。夜遅くなることが多いが、昼間には暇を持て余しているからと、ひと月ほど前から日比谷の道場に通い始めていた。

「先生が連れていかれるようなことをするなんて」

そんな人物ではないのは、与四郎のみならず、近所の全員が知っていることだ。

「近頃、日比谷先生に何か変わったことは？」

与四郎は華兵衛にきいた。

「どうでしょう」

「どんな些細《ささい》なことでも」

与四郎は促した。

華兵衛はわからないという風に、首を傾《かし》げている。

蜜三郎は腕を組んで、しばらく唸《うな》ってから、何か思い当たる節があるような顔をして、

「先月の中旬、私がたまたま夜五つ（午後八時）頃に、道場で稽古《けいこ》をしていますと、

先生を訪ねて来られたお侍さまがいらっしゃいました。昔からの知り合いのようでした。その方は私がいるからでしょうか、室内でも笠《かさ》を被《かぶ》っておられました」

と、地面の一点を見つめながら言った。

「その方なら、わしも見た」

華兵衛が口を挟み、

「何度か来ていた気がしますが」

とも言った。

「お知り合いの侍……」

与四郎は口のなかで、もごもごと繰り返す。

日比谷の道場には、横瀬左馬之助《よこせさまのすけ》という五十くらいの浪人が師範代でいる。よく日比谷や横瀬は、貧しい者たちの為《ため》にと、食料や古着を配ることをしている。

もし、そのことで来たのならば、何も怪しむべきことはないが……。

与四郎はそれを思いながら、ふと違うことが脳裏を過《よぎ》った。

数日前のことであった。

町内で半期奉公に来ている者のことで、日比谷の元を訪ねた。それというのも、剣術を習いたいという者が何人かいるらしい。日比谷はそれほど高い月謝を取っているわけではないが、それでも半期奉公の者たちにとっては大きな出費となる。それで、半期奉公の者たちは門下ほどの待遇でなくてもよいから、安く稽古をつけてもらえないかということを、町内を代表して、与四郎が頼みに行くことになった。

与四郎が行くと、ちょうど先客があった。

下谷広徳寺《したやこうとくじ》前で医者をやっている本庄茂平次《ほんじょうもへいじ》という男だった。茂平次はなかなか陽気で、人当たりの好い男であるが、この日は違った。

日比谷に対して、鋭い言葉遣いで、色々ときいている声が聞こえてきた。

与四郎が聞き耳を立てると、

「まさかとは思いますが、日比谷先生が関与していることはありませんよね」

茂平次が言った。

はっきりと聞こえた訳ではなかったが、たしかにそのような類《たぐい》のことを口にしていた。

その返事は与四郎には聞こえなかった。

しばらくすると、茂平次は厳しい顔つきで出てきた。

与四郎に気が付くと、口元だけ笑顔を作って軽く一礼した。普段であれば、何かと話しかけてくるが、その時ばかりはすぐに帰った。

その後、日比谷は何事もなかったかのように振る舞っていたので、与四郎は気にしないようにした。

与四郎は、そのことを華兵衛と蜜三郎へ告げた。

「ともかく、朝になったら新太郎《しんたろう》親分に確かめてみましょう」

与四郎はそう言い、蜜三郎と共に『足柄屋』へ戻って行った。

途中、蜜三郎は何度も「日比谷先生は大丈夫でしょうか」と心配した。

「きっと、何かの間違いだろう」

与四郎は答えた。

翌朝、与四郎が目を覚ますと、小里は体を横たえながらも、目は開けていた。

「夜中、何かあったのですか」

小里が上体を起こそうとする。

与四郎は素早く小里の背後に回り込み、起きるのに手を添えた。

「日比谷さまが連れて行かれた」

与四郎は正直に告げた。

「無理やりということなのですか」

「夜中に好んで行くはずはない」

「それはそうですが、何かの嫌疑が掛かっているのでは？」

小里の声は、先細りになった。

「あの方は変な真似《まね》などしない」

「でも、何かに巻き込まれたということも考えられます」

近頃、知り合いの大店《おおだな》の呉服屋が遠島および闕所《けっしょ》になった。

理由は吉原《よしわら》で派手に遊び過ぎて、目に余るところがあり、風紀を乱したことによるものだとされた。

しかし、いくら何でも横暴だと反対する商売仲間たちもいた。

その者たちも、すべて捕まり、罪を科せられた。

「日比谷さまは、伊藤次郎左衛門《いとうじろうざえもん》さんが後ろ盾なのでしょう。もしや、次郎左衛門さんに何かあったのかと……」

小里は、ぽつりと言った。

名古屋《なごや》の呉服商人である。

江戸にも進出し、上野《うえの》に元々あった『松坂屋《まつざかや》』を買い取り、『いとう松坂屋』としている。さらには、大伝馬町《おおでんまちょう》にも店を出している。

次郎左衛門の商いは、問屋と小売を兼業することにより、価格の引き下げを実現させ、繁盛している。

「次郎左衛門さんか……」

それほどの豪商であれば、幕府に目を付けられることは考えられる。

その件で、日比谷が連れていかれることも考えられなくはない。

「だが、あんな夜中に」

日比谷に逃げる疑いがあるのであれば、夜中に踏み込むことも考えられる。

「新太郎親分のところへ」

与四郎は朝餉《あさげ》も食べずに、荷売《にない》りの品を詰め込んで、明け六つ（午前六時）には店を出た。

店には奉公人で十五になる太助《たすけ》や、近くの裏長屋に暮らすお筋《すじ》とその九歳の息子、長太《ちょうた》もいる。

いくら小里の具合が悪かったとしても、この者たちがいれば店の方はうまく回る。

鳥越神社《とりごえじんじゃ》の脇《わき》を入って、少ししたところに二階屋の居酒屋。そこが、岡っ引き、新太郎の家だ。

居酒屋は内儀が切り盛りしている。

与四郎が裏口から入ると、台所に新太郎の手下、栄太郎《えいたろう》の姿が見えた。十七歳で、太助とも親しい。

「あっ、ちょうど足柄屋さんのところへ行こうと」

栄太郎は驚いたように声をあげた。

「まさか、日比谷さまのことで？」

与四郎はきいた。

「はい」

「なにがあったんだ」

「ちょっと、こちらに」

栄太郎は上がるように言った。それから、二階へ連れて行かれ、がらんとした部屋で待たされた。

そう待たないうちに、栄太郎は新太郎とやって来た。

「与四郎」

「親分、日比谷さまに何が？」

「鉄砲を三挺《ちょう》所持していた」

「え？　日比谷さまが？」

「運び出されているところを益次郎親分に見られている」

益次郎が、日比谷を連れて行った亀戸の岡っ引きである。

「何かの間違いではなく？」

与四郎はきき返した。

「俺《おれ》もおかしいと思って、様子を探っているところだ」

「きっと、勘違いですよ」

与四郎は言い張った。

日比谷は口数の多い方ではないが、周囲で嫌っている者もおらず、誰《だれ》からも信頼されている。

「親分、何かわかったらすぐに報《しら》せてください」

「ああ。栄太郎に遣いに行かせる」

いいな、とばかりに新太郎は栄太郎を見た。

栄太郎は無言だが、力強く頷《うなず》いた。

新太郎の元を去ると、鳥越神社の近くで今戸《いまど》の元岡っ引き、千恵蔵《ちえぞう》と出くわした。

「親分」

与四郎は頭を下げた。

千恵蔵の跡を継いだのが、新太郎だ。名親分と云われるだけあって、数々の手柄を上げてきた。

千恵蔵はやたらと小里のことを気にかけているが、今日ばかりは日比谷のことで話があったようだ。

日比谷が連行されたこともさることながら、

「横瀬さまも捕まった」

と、千恵蔵が険しい表情で言った。

横瀬も、鉄砲を三挺所持していた件に関《かか》わっているということで、捕まったものと見られていた。

「それも、何かの間違いでしょう」

「いや」

千恵蔵は首を傾げ、

「間違いかもしれないが、茂平次が言うことだ」

「本庄茂平次さんですか」

「ああ」

千恵蔵は頷く。

「茂平次さんは、近頃、岡っ引きのような役割も担っているのですか」

「そうではないと思うが」

「しかし、色々なところに」

「あいつは頭が切れる。元々、長崎《ながさき》の地役人だったこともあってか、手際もいいし、役に立つ。だから、同心の旦那《だんな》らも信頼を置いているんだろう」

「そうですか」

「不満か」

千恵蔵が顔を覗《のぞ》き込むようにきいた。

「いえ」

与四郎は、さらに言葉を付け加えようとしたが止《や》めた。

千恵蔵は茂平次から聞いたこと以外にも、状況を探ろうと新太郎の元を訪ねるつもりだといった。

立ち話程度で別れ、与四郎は日本橋へ足を進めて荷売りをした。

明け方に比べれば、多少は寒さも和らいできたが、大川《おおかわ》から吹き抜ける北風には真冬を感じさせるものがあった。

夕方になり、ある程度の売上が立つと、佐賀町に戻って来た。

暮れ六つ（午後六時）をわずかに過ぎていた。

『足柄屋』の看板は下がっていたが、表からでも店の間から声が聞こえる。与四郎が戸を開けて入ると、帳場に太助が座り、土間には栄太郎が立っていた。

栄太郎は振り向きざまに、

「旦那、日比谷先生のことです」

と、締まった声を出した。

「うむ」

与四郎は戸をきっちりとしめ、心張棒《しんばりぼう》を支《か》った。

道具箱を上がり框《がまち》に置いた。

それを見計らったかのように、栄太郎は話し出した。

「鉄砲三挺が、日比谷先生の道場から小川村《おがわ》の塚林一三《つかばやしいちぞう》という名主《なぬし》の元へ流れていました。それに、横瀬先生も関わっているとされています」

小川村とは、内藤新宿《ないとうしんじゅく》から青梅《おうめ》街道で七里（約二十八キロメートル）ほどの距離にある宿場町のある村だ。

与四郎は元々牛込水道町《うしごめすいどうちょう》で蕎麦屋《そばや》を営んでいた夫婦が、二年前に小川宿に引っ越したこともあり、一度だけ行ったことがある。

　栄太郎はさらに、

「ただし、日比谷先生、横瀬先生、そして塚林一三も、みな嫌疑を認めていません」

と、告げた。

「旦那」

　栄太郎の話が終わると、太助が待ちきれないとばかりに口を挟んだ。

　太助にとっては、日比谷は剣術を最初に教えてくれた者であり、いまの下谷車坂《したやくるまざか》の井上伝兵衛《いのうえでんべえ》道場への移籍を勧めてくれた恩人でもある。

　日比谷の剣術の腕はかなりのものらしいが、道場の規模でいえば、井上の道場とは比べものにならない。井上の推薦があれば、実力さえあれば、どこかの剣術指南役や幕臣になることもあり得ると周囲が言うほどだ。

「横瀬さまが捕まるのもおかしゅうございます」

「話せばわかってもらえるだろう」

「しかし、あの人がいるんです」

「あの人？」

「茂平次さんです」

太助と茂平次は、同じ井上道場に通う門人同士である。

初めは茂平次のことを何を考えているのかわからないと警戒していたが、次第に打ち解けて、稽古終わりに話したり、茂平次の家で、団子や菓子を御馳走《ごちそう》になることもあるという。太助の中での茂平次の評価は上がり、「茂平次さんは恐ろしいほど聡明《そうめい》な方です」と、口にすることが時折ある。

世の中を渡る術《すべ》を心得ているとか、人の気持ちを読み取るのがうまいとか、様々な面で敬服しているようであった。

それと同時に、茂平次に対して、恐ろしさを感じることがあるともいう。

「茂平次さんは、どうしてこの件に関わっているんだろう」

太助は、栄太郎に目を向けた。

「元々、佐賀町の剣術道場に鉄砲を運んでいる荷車を見かけたという密告が、亀戸の益次郎親分にあったそうです。益次郎親分は内密に探索をし、茂平次さんがそのことをどこかで知り、手伝ったようです」

栄太郎が太助を横目に見ながらも、与四郎に告げた。

「またか」

与四郎は思わず唸る。

「いつも、茂平次さんはそういうことに出くわして、探索の手伝いをするな」

「ええ、またです」

「あっしも、そこを疑っております」

「新太郎親分はそのことを何か言っていなかったか」

「もしかしたら、町役人にでもなりたいのではないかと」

「だが……」

町役人の職務は、そのような探索をするだけではない。むしろ、奉行所の触書《ふれがき》を町民に報せることや、町人の訴えを奉行所に取り次ぐこと、揉《も》め事での聞き取りなどを担う役目の方が主である。

茂平次は町人同士の揉め事における仲裁などは積極的に担う方ではなく、ある程度大きな事件にのみ首を突っ込む。

「それで、今後日比谷さまや横瀬さまはどうなる？」

「今まで自身番で取り調べをしていましたが、大番屋に移されました」

「大番屋に……」

罪を犯した疑いのある者の取り調べは、まず定町廻《じょうまちまわ》り同心によって自身番で行われる。そこで、町内預けにするか、放免するか、牢屋《ろうや》送りにするかを決める。本格的な取り調べが必要となった場合に身柄を送られるのが大番屋である。

万が一、容疑が濃厚となれば、町奉行に入牢《じゅろう》証文を請求する運びとなる。

「取り調べは誰だ」

「熊坂《くまさか》の旦那です」

栄太郎は神妙な顔で、「熊坂権六《ごんろく》さま」と言い直した。同心は住まいのあるところから、「八丁堀《はっちょうぼり》の旦那」と呼ばれている。定町廻り同心は薄給だが、町人たちからの付け届けで潤っている。

特に、ちょっとした事件をもみ消したいなら、熊坂の旦那へ、と一部では噂《うわさ》が回っているというのを与四郎は思い出した。

「熊坂の旦那は、ご存知の通り、あまり好い同心ではございません」

栄太郎は声を顰めて言った。

賄賂《わいろ》をもらえばもみ消すが、少しでも気に食わないことがあると罪をなすりつけるという噂がある。新太郎が仕えている今泉《いまいずみ》と違うことは重々わかっている。

「熊坂さまと面識はあるか」

与四郎は改まった口調できいた。

「ええ」

栄太郎は頷く。

「連れて行ってくれないか」

「熊坂さまの元へですか」

「そうだ」

「しかし、行ったところで」

「日比谷さまの力になりたい」

与四郎の意志は固かった。

二

与四郎は大番屋へ出向いた。

『三四の番屋』と呼ばれる、材木町《ざいもくちょう》三丁目と四丁目にある場所だ。

ここへ来る前に、一度、鳥越に寄り、栄太郎に代わり新太郎が一緒に来ることになった。

「親分には迷惑かけられません」

与四郎が言うと、

「これは、お前の関わり事でもねえだろう。それに、日比谷さまも横瀬さまも、知っている仲だ。放《ほう》っておけねえ」

新太郎はいつにも増して、力強い眼差《まなざ》しだった。

道中、捕らえられているふたりの罪について、新太郎は今の段階でわかっていることを話してくれた。

幕府は江戸での反乱を起こさせないように、鉄砲が江戸へ入ってくることを関所で厳しく取り締まった。入鉄砲には幕府老中の手形を必要としている。

「しかし、今回の日比谷さまの道場の鉄砲は手形に偽造の疑いがある」

新太郎は言った。

さすがに中にまでは入れなかったが、寒空の下、外で待っていると、やがて四十代半ばの大柄で、肉付きのよい頬《ほお》に、細目で神経質そうな役人が出てきた。

「熊坂さま」

新太郎が声をかけた。

熊坂は薄い瞼《まぶた》を開け、

「まだ口を割っておらぬ」

と、厳しい声色で答えた。

「本当に、日比谷さまと横瀬さまが？」

「道場から鉄砲が三挺見つかったことは確かだ。誰しもが、何かしらの企《たくら》みがあると考える」

熊坂が淡々と告げた。

さらに、続ける。

「横瀬も何か知っていて日比谷を庇《かば》っていると思われる。横瀬が直接この件に関わっているかどうかは別として、まだ拘束しなければならない」

「では、おふたりとも否定しているのですね」

「ああ。日比谷は一向に口を割らないし、横瀬は日比谷がまさかそのようなことをするとは思えないとも語っている」

熊坂は不意に、拳《こぶし》を握りしめた。

その拳は、赤く腫《は》れていた。

横目で新太郎を見ると、苦い顔をしている。

熊坂はそれを感じ取ったように、

「仕方あるまい。万が一、幕府に反旗を翻すような企てがあれば、一大事だ。違うか？」

と、新太郎に迫った。

「……」

新太郎は曖昧《あいまい》に首を動かした。

その答えでは満足できなかったのか、

「日比谷には伊藤次郎左衛門という後ろ盾がおる。次郎左衛門が与えた金で鉄砲を購入して、どこかに流すか、もしくは道場に保管して有事に使用することを考えていたのかもしれぬ。豪商は、金で何でもできると思っている」

と、嫌味っぽく言う。

それに対しても、新太郎は答えなかった。

ただ、小さく頷くだけだった。

与四郎も、口を挟める状況ではないと感じた。

「して、その方は？」

熊坂が、与四郎を見る。

「深川佐賀町の『足柄屋』主人、与四郎にございます」

与四郎は答えた。

「その顔つきからして、何か言いたいことでもあるようだな」

面倒だと言わんばかりの苦い顔をする。

話してもいいか、与四郎は新太郎に目配せをした。

新太郎は、目で許可した。

「日比谷さまにしろ、横瀬さまにしろ、悪事を働くお方ではございません。何かの間違いかと存じます」

与四郎は堂々と言い放った。

「それは、わしが取り調べで決めること」

熊坂は明らかに不快そうに言った。

新太郎は少しばかり心配そうに与四郎を見ていたが、

「お主はどう考えておるのだ」

と、熊坂が新太郎に問いかけた。

新太郎は一瞬、息をのんでから、

「与四郎と同じ意見にございます」

と、低い声で答えた。

「同じだと？」

熊坂の口元が曲がる。

「はい、日比谷さまや横瀬さまを知っておりますれば」

新太郎は怯《ひる》まずに答えた。

「今泉も同じか」

「いえ、今泉の旦那はこの件を知らないものと」

「では、お主が勝手に来たのか。こいつを連れて」

熊坂は蠅《はえ》を見るような目をする。

「お言葉ですが」

新太郎は一蹴《いっしゅう》するように語気を強め、

「この件、岡っ引きとしてではなく、一町人として、意見をしに参った次第にございます」

と、言い返した。

熊坂は眉間に皺を寄せて、目を凝らしながら、

「お主が間違えていたら？」

と、きいた。

「どういうことでしょう」

「その場合、何をする。岡っ引きを引退するか」

「……」

「そのような覚悟がないのに、文句を言いに来るなど、無責任ではないか」

熊坂は叱《しか》りつけた。

（ひどい言い草だ）

与四郎は、思わず腹が立った。

「失礼いたしました」

新太郎が謝る。

「前言を撤回して、この件に関して、今後一切口を出さぬというなら許してやる」

熊坂の目が、有無を言わせない。

だが、新太郎は今度は力強い眼差しで熊坂を見る。

「何と仰《おっしゃ》られましても、日比谷さまや横瀬さまに、幕府へ反旗を翻す意図などあろうはずがございません。鉄砲が道場から発見されたことには、厳重に対処しなければなりませんが、くれぐれも決めつけるような取り調べをなされないように、ひらにご容赦願いたく存じます」

丁寧ながらも、突き刺すような口調だった。

熊坂の目尻《めじり》が上がる。

「わしの取り調べに、不備などない。そこに文句をつけられる謂《いわ》れはない。直《じき》に真相がわかろう」

「はい」

「そなたが謝る姿が目に浮かぶ」

「……」

「だが、このような態度を続けるのでは、許すわけにはいかぬ」

「お言葉ながら」

「口答えするな」

熊坂は声を荒らげた。

それから、

「このような出過ぎた真似を続けたら、ただではおかぬぞ」

と、熊坂は新太郎、続けて与四郎に顔を向けた。

それから、大手を振って去った。

姿が見えなくなると、新太郎はため息をついた。

「あの旦那は……」

もう一度、新太郎がため息をつく。

「随分とお二人を目の敵にされているようですが」

「熊坂の旦那は、いま見た通りのお方だ」

「目に余ります」

「仕方ない。いずれ、痛い目を見るだろう」

新太郎は遠い目をして言った。

ふたりは引き返した。

帰り道は向かい風で余計に体が冷えた。並木が揺れると、みしみしと音を立てる。

与四郎の不安は、ここに来る前よりも増した。

「熊坂さまは、罪をなすりつけるようなことはないでしょうか」

与四郎は心配になってきいた。

「わからねえ」

新太郎は渋い声で答えた。

沈黙が続いた。

しばらくして、

「もしも」

と、新太郎が言いかけた。

与四郎は耳にしていたが、他の考えが頭の中を巡り、すぐには返事ができなかった。

「伊藤次郎左衛門さんがこれに絡んでいるのだとしたら」

新太郎がぽつんと言う。

「あの方が幕府に反旗などと？　しかも、たった三挺の鉄砲で？」

与四郎はきき返した。

「浪人が一挺でも持つことは認められていない。それを三挺も持っているとなるとあらぬことを勘ぐられるのは当然。それに、三挺もの鉄砲を買う費用は安くない。日比谷さまひとりでは買えないだろう。とすると、最も考えられるのが次郎左衛門さんだ」

「理屈ではそうかもしれませんが、やはり理由が……」

まだ夏の盛りに、次郎左衛門が江戸に来た。花火があがった日、道場の二階で紹介された。江戸での事業の店主をしてくれと、どこまで本気なのかわからないが頼まれた。

物腰が柔らかく、嫌味がなく、からっとした性格だった。その上、利益を求めながらも非情なことはせず、常に顧客の立場で物事の善し悪《よあ》しを判断していた。

さすが、天下に名を轟《とどろ》かすだけの人物であると、与四郎は感心していた。

「あの次郎左衛門さんが、そのような何の利益にもならないことをするとは思えません」

与四郎はきっぱり否定した。

「幕府に逆らうのでなく、他に必要なことがあるのだとしたら」

「……」

与四郎は答えなかった。

月明かりも全く見えなくなった。

ふたりは新太郎の家に向かう途中、浅草御門橋《あさくさごもんばし》まで来ていた。

目の前から歩いてくるふたつの影が、すれ違いざまにふたりに顔を向けていた。心なしか、ひとりは刀の柄《つか》に手をかけているようにも見えた。

過ぎ去ってから、与四郎は顔だけ振り向いた。

肩越しに、相手もこちらを窺《うかが》っているような気がした。

「親分」

与四郎が声をかけると、

「あのふたり」

新太郎も言った。

「なんなのでしょう」

「幕府に逆らうなどと話していたから、耳に挟んで警戒したのかもしれない」

「しかし、柄に手をかけるとは」

与四郎は再び振り返った。

沈みかけた月がわずかに雲から顔を出して、道を照らしている。

そのふたりの姿は見当たらなかった。


翌日、荷売りに太助が出た。

小里のめまいはよくなっているようだが、耳鳴りが抜けないことと、薬があと十日ほどで切れるというので、蜜三郎の付き添いのもと、ふたりで南伝馬町《みなみでんまちょう》三丁目の薬屋へ向けて五つ（午前八時）くらいに『足柄屋』を出た。

この日は客足が少なかったせいか、日比谷と横瀬のことばかり考えてしまった。

その様子は店の間にいる長太にも伝わったようで、

「旦那さま、そんなに心配でございますか」

と、訊《き》かれる始末であった。

「商売に集中しなきゃいけないいな」

与四郎は気を引き締めるように、自身に言い放った。

「でも、考えることは止められませんから」

「やけに、ませたことを言うじゃないか」

「以前、蜜三郎兄さんが仰っていました」

「それは違うことだろう」

蜜三郎には、札差《ふださし》の娘、お稲《いね》という好《い》い仲の女がいる。

「違うこと？」

長太はきき返した。

「まあ、お前さんにはまだ早い」

「どういうことでしょう」

長太は気になって仕方ないようだ。

「そのうち、お前さんにもわかるようになる」

与四郎がそう言った時、店に入ってくる者がいた。

今戸の千恵蔵であった。

「親分」

「さっき、益次郎と会った」

「何か仰っていましたか」

「かなり疑っているようだ。いや、決めつけているといっても過言ではない」

千恵蔵の表情は険しい。

「それに、今回の件で、井上伝兵衛さまにも飛び火している」

「捕まったのですか」

「いや、まだ」

「まだ？」

「定町廻り同心の熊坂権六さまと、益次郎の取り調べを受けている。だが熊坂さまは絶対に捕まえると決め込んでいるようだ」

熊坂権六は、千恵蔵が付いていた今泉と違い、情などはなく、出世欲の強い男で、益次郎と似たような男だと千恵蔵も感じているらしかった。

だから、このふたりに睨《にら》まれたら厄介だ、と言わんばかりであった。

「そんなことだから、太助と蜜三郎にも、いまは井上さまに近づかないように伝えておいてくれ。変に疑われかねない」

「はい」

「それに、お前さんもだ」

「私も？」

与四郎はきき返した。

「昨夜、新太郎と一緒に大番屋まで行ったそうじゃねえか」

「はい」

「お前さんにも変に疑いがかけられかねない」

「しかし、あのまま放っておくのは」

「お前さんが出しゃばっても、解決するような話じゃねえ。大人しくしていた方がいい」

千恵蔵の言い方は、いつになく咎《とが》めるようだった。

今まで、千恵蔵は与四郎に遠慮している節があった。千恵蔵が必要以上に小里のことを気にかける、薬代さえも払うという具合で、与四郎にとっては嫌いな相手ではないが、どうしてそこまでするのか理解できない。

与四郎が快く思わないのを、千恵蔵は感じ取っている。

だからこそ、千恵蔵は与四郎にどことなく気を遣っている。

「小里に迷惑をかけない為《ため》にも」

千恵蔵は静かな声で付け加えた。

「……はい」

与四郎は言いたいことがあったが、飲み込んで頷いた。

千恵蔵の心配事は何よりも、与四郎が今回の件で動き回り、小里に気苦労をかけるのではないかということだろう。

「茂平次さんにも、日比谷さまや横瀬さま、それに井上さまの無実が伝わればいいのですが」

「俺からも言っておく」

「でも、親分がいくら言ったところで」

「うむ？」

千恵蔵が鋭い目を向ける。

「いえ、そういうことではなく」

与四郎が言い直そうとすると、

「微力だが、俺が動いてみる」

と、千恵蔵の目が燃え始めていた。

三

太助の耳に井上が捕まったという話と、日比谷の件が方々から入ってきた。

半分近くが本庄茂平次によるものだが、それらを繫《つな》ぎ合わせてみると、約ひと月前の九月八日付の手形で、鉄砲三挺が江戸に入ってきた。手形があるので役人の目に留まることはなかった。九月二十日、亀戸の岡っ引き益次郎の元に、佐賀町の日比谷の剣術道場に鉄砲が収蔵されていると密告があった。

それから、益次郎は自身が仕える定町廻り同心の熊坂権六に報告して、秘密裏に事の次第を探索することになった。

そこに、茂平次が加わった。茂平次は益次郎の要請を受けたと言っているが、新太郎の話では茂平次自らが益次郎に近づいたとのことであった。

いずれにせよ、益次郎と茂平次が主体となって、探索を進めた。

日比谷をすぐに捕まえなかったのは、次のことを探るためだ。一個人としては鉄砲を何に使うつもりであったのか。仲間を集めて、何か大事を起こすつもりではなかったのか。そもそも、鉄砲の購入費用はどのようにして捻出《ねんしゅつ》したのか。

探索を続ける中、十月四日の夜に益次郎が飛脚から日比谷の書いた文《ふみ》を回収した。宛先は小川村の名主、塚林一三で、翌五日の朝に鉄砲三挺を小川村に届けるとのことであった。それを阻止するために、夜中に日比谷を捕らえて、連行した。

だが、取り調べを進めても日比谷は一向に口を割らないため、師範代であった横瀬も何か知っているものとみて、捕まえたとのことだ。

それを知ったとき、

「あまりにも、酷《ひど》いじゃありませんか」

と、つい茂平次に対して不満をぶつけた。

「横瀬さまについては、俺は端《はな》から疑いは持っていない。おそらく、何も知らないだろう」

茂平次は答える。

慰めで言っているわけではなさそうだ。そもそも、そのような無駄な気遣いをする性格ではない。

何事にも、はっきりと白黒付けたい人物でありながらも、角が立たないように振舞うので、揉め事は少ない。

井上道場でも、太助と同様に新参者ながら、先輩の門人たちの信頼を得ていた。

だが、今回の件に限っていえば、

「茂平次が無駄なことをするから、井上先生までもが疑われた」

と、憤っている門人たちが多数いる。

茂平次に非がないと考えている者は少数派である。太助も、茂平次が動いているからこそ、井上に被害が及んだと考えているひとりであった。

しかし、それでも茂平次の人間そのものを恨む者が少ないのは、立ち振る舞いのうまさがあるからだろう。

茂平次は先輩の門人たちに対して、

「この件は、あっしが然《しか》るべく対処しておきましょう。決して、皆さまの不満に思うような結果にはさせません」

と、強い意志を感じさせる宣言をした。

井上が捕まってから、丸一日が経《た》つ。

太助は荷売りを終え、夕方に車坂の道場を覗いてみた。

道場は閉まったままだ。

井上が帰っている気配もない。

その時、

「太助」

後ろから声をかけられた。

振り向くと、いつになく真剣なまなざしの茂平次がいた。数日間、剃《そ》っていないような無精ひげで、目の下には隈《くま》がある。

「あの」

「井上先生の件だな」

「それもそうなのですが」

「お前は日比谷先生や横瀬先生とも親しかったな」

「はい、お世話になっております」

「井上先生については、直に誤解が解けよう」

「えっ、本当ですか」

太助が喜んだのも束《つか》の間《ま》、あとのふたりの誤解は解けないのかと思った。

「でも……」

太助が言いあぐねていると、

「横瀬先生は関係ないだろう」

「日比谷先生は？」

「まだ口を割らないが、さすがに言い逃れはできまい」

茂平次は言い切った。

「鉄砲を持って何をしようとしたのでしょう」

「そこまではわからないが」

「日比谷先生は誰かに利用されたということもあり得るのでは？」

太助は、茂平次もこのことに思い至っていないとすれば、自分の考えが日比谷を助けるかもしれないと思っていた。

「いや」

茂平次は重たい声で否定する。

肝心の日比谷の目的については触れずに、

「熊坂の旦那は、井上先生をはじめ、他のふたりの行動もすべて調べている。特に九月八日から十月四日までの間を」

と、力強い口調で言う。

「全《すべ》てですか？」

「余すところなくだ」

「常に誰かと一緒にいるわけでもないでしょうから、厳しいのではないでしょうか」

「うむ」

わかっているとばかりに、茂平次は頷いた。

それから、続けた。

「しかし、それくらいしなければ、熊坂の旦那は認めてくださらない」

「普段から、そのような方なのでしょうか」

「俺にはわからないが」

茂平次は首を傾げる。

「俺が井上先生と会っていた時や、他の門人たち、もしくは知り合いといた日時は調べが付いている」

「まさか、寝ずにずっと調べていたのですか」

「井上先生の為ならば、それくらい」

茂平次は不敵に笑った。

しかし、すぐにまた硬い表情になる。

「どうしても、井上先生が誰かに会っていたという証《あかし》が立てられない一日がある。それが、九月二十五日だ」

「九月二十五日」

そういえば、井上が墓参りに行くといい、江戸を離れた。

道場も休みであった。

「お前さんにも手伝ってもらいたい」

茂平次は、真っすぐな目を向けて頼んできた。

「なんなりと」

太助も力を込めて答えた。

「その日、井上先生と墓参りへ行ったことにしてくれないか」

「え？」

「つまり、お前が一日中、井上先生と一緒にいて、しかも井上先生は何ら鉄砲に関わることはしていないということを熊坂の旦那に話して欲しい」

茂平次は説得するかのように告げる。

「でも、嘘《うそ》をつくことに……」

太助が話している最中に、

「井上先生の為だ。心苦しいかもしれないが、お前さんに頼るしか術がない」

と、茂平次が言葉を被せてきた。

「……」

太助はすぐには答えが出なかった。

しかし、茂平次は表情を柔らかくして、

「お前なら、井上先生を助けてくれると信じている」

と、太助の肩に手を置き、去って行った。

太助はしばらくその場を動けなかった。


『足柄屋』に到着したのは、それから一刻（約二時間）後のことだった。

車坂の道場は休みなのに遅かったではないか、と与四郎に心配された。

「少し考え事をしておりまして」

茂平次から頼まれたことについては、与四郎には告げなかった。

小言を言われることはわかっているからだ。

それどころか、人の好い与四郎なら、自分がその役を担うと言いかねない。だが、小里が反対するだろう。

いずれにせよ、足柄屋内で揉め事が起きるのを避けるためには、自分ひとりが苦労をする方がいい。

売上金を帳面に書き、与四郎に渡すと、

「道場がなかったもので、近くの空き地で竹刀《しない》を振ってきます」

と、店を出た。

「飯は？」

「帰ってきてから食べます」

「あまり遅くならないようにしてくれよ。日比谷さまの件で、まだ熊坂さまや益次郎親分が調べているらしい。あのおふたかたに目をつけられたら、なかなかに面倒なことになると、千恵蔵親分や新太郎親分からもきつく言われている」

「はい」

太助は頷いた。

空き地へ行き、素振りをした。

頭の中で目の前に誰かがいると仮定して動いた。

日比谷や横瀬には、まだまだ勝てない。しかし、ふたりの癖はわかっていたし、太助の方が瞬発的に踏み込む速さはある。

ひとりで竹刀を振り回していたが、いつの間にか、「えい、やー」と声が出ていた。

突如、強い北風が吹きつけ、それを敵と思い、斬《き》った。竹刀の先に重みが加わりながらも、ブンッと鈍い音を立てた。

「なかなか」

　背後から声をかけられた。

　振り向くと、栄太郎であった。

「すまない」

　栄太郎は即座に謝った。

「なんで、栄さんが？」

「何も力になれそうにない」

「いえ、そのうちにわかってもらえます」

「そうかもしれねえが」

　栄太郎の声は重たい。

　罪を着せられるかもしれないとも小さな声で告げた。

「誰がですか」

　太助はきく。

「日比谷先生、横瀬先生、そして井上先生もだ」

「三人が反逆を企てていると？」

「熊坂の旦那は、主犯だとみなしている」

「そんなに深刻だとは」

「最悪の場合には、市中引き回しの上、死罪」

「死罪……」

その言葉が重くのしかかった。

まさか、そこまでの罪に当たるとは思ってもいなかった。しかし、反逆を企てていたならば、それくらいのことは考えられる。

「どうすれば」

太助は思わずきいた。

その瞬間、茂平次のことが脳裏を過った。

栄太郎が答えようとした瞬間、

「もし、そのうちの誰かの無実がわかったとしたら、他のおふたかたが釈放されることも考えられますか」

太助は問いを変えた。

「あり得るかもしれねえが」

それすら難しいという顔を、栄太郎はしている。

「そうですか」

太助は小さく頷いた。

「何か考えがあるのか」

「いえ」

「その様子だと……」

「何かお手伝いできることがあればしたいと思っただけで。特に井上先生は、日比谷先生の道場とは全く関係のないお方」

「だがな」

栄太郎は低い声で、

「井上先生は手形を偽造した疑いがある」

「そうなんですか」

「それだけではない」

「他にも？」

「まだ探索の途中だが、井上さまの行動を洗ってみると、怪しいことがわかった」

「……」

「九月二十五日に、墓参りと称して小川村へ向かっている」

「それのどこが怪しいので？」

「井上さまが向かったのは、小川村の永徳寺《えいとくじ》というところだが、それを見ている者は誰もいない。また小川村へ行ったということすら、裏が取れない」

「それですが」

太助は思わず口に出した。

躊躇《ためら》いもあったが、

「私が一緒でした」

と、告げた。

「なに？」

「墓参りの時ですよね？」

「そうだ」

「私がお供しました」

「どうして、それを言ってくれなかったんだ」

「まさか、それが重要だと思いませんでしたので」

「だが、九月二十五日といえば……」

栄太郎は考えだす。

思わず、どきりとした。

その日のことを全く思い返してもいなかった。

荷売りに出ていたことは確かだ。車坂の道場がなかったから、茂平次に誘われて、下谷広徳寺の家で色々と話し合っていた。

茂平次は太助に、今後とも『足柄屋』で奉公を続けたいのか、それとも剣術家となり、井上の道場を継ぐなり、どこかへ仕官する道を考えているのかと尋ねた。

やたらと、親身になってくれた。

『足柄屋』で働きつつ、いまのところは剣術にも身を入れる。

それだけしか考えていない。

武士になるということは、太助にとって、魅力のある話ではない。

だが、今以上に剣術に打ち込むことができる。

まだ先のことはわからないと答えつつ、茂平次に武士になった方がいいと説得され、心なしか、その気持ちが強まりつつあった。

「その日の夜、日比谷先生の道場の近くで、お前さんと出くわさなかったか」

栄太郎が思い出すように、上目遣いになった。

「ええ」

「たしか、夜五つくらいだったか」

「いえ、五つ半（午後九時）だったと思います」

「その時には、井上先生にお供していたと言っていなかったな」

「え、ええ……」

「もしや」

栄太郎の目が鋭くなる。

「正直に話してくれ」

「はい」

「井上先生と何をしていた」

「ですから、墓参りの付き添いに」

「小川村へ？」

「そうです」

「本当に墓参りなのだな」

「栄さん、何が言いたいんです？」

「お前さんを疑うわけじゃねえが、井上先生と共に塚林一三の元へ行っていたわけじゃないだろうな」

栄太郎が前のめりにきく。

「違います」

「嘘じゃねえな」

「ええ、何度も言っていますように」

太助の声が不意に強くなる。

「すまねえ」

栄太郎はすぐさま謝った。

「いえ、井上先生が疑われていますので、私のことも疑わざるを得ないことは確かです」

「お前が嘘をつくはずねえことはわかっている」

栄太郎の眼差しは真っすぐであった。太助はどことなく居心地が悪かった。

「それより」

太助は気持ちを紛らわせるために話題を変えた。

どうして、ここにいるのかをきいた。

「日比谷先生について、九月二十五日の件もさることながら、その五日前、九月二十日の夜に訪ねてきた者がいる。何者かはわからないが、このひと月の間に、何度か来たことがあるようだ」

「もしや、蜜三郎さんとご隠居が仰っていたという」

「そうだ」

「どんな人なんですか」

「三十過ぎくらいで、がっちりとした体格の侍だ。いつも夜に来て、笠で顔は隠れているからわからねえが、西の方の言葉だったようだ。だが、京大坂とは少し違って、九州でもなさそうだ」

「そうなると、中国か四国の者ですかね」

「そうだが、江戸勤番かもしれねえ」

「日比谷先生は以前は美濃《みの》におられましたから、そっちの方では？」

「あり得るが、日比谷先生はその者についても話したがらない」

「否定しているのですか」

「無言を貫いている」

栄太郎はため息をついた。

どうして、日比谷は話したがらないのか。

やましいことがあるのか。

（だとしたら……）

急に、九月二十五日のことも、本当に墓参りだったのか不安になってきた。

しかし、今さらあれは嘘だったとは言えない。

太助は心の臓を、針で突かれるような思いであった。

四

外で風が強く吹いている。がたがたと、雨戸が音を立てていた。

夜中であった。

与四郎の目は開いていた。

風の音で起きたわけではない。

少し眠ったが、すぐに目が覚めてしまった。

隣で寝ている小里に顔を向けると、薄暗い中で小里も目を開けているのがわかった。

見られているのに気が付いたのか、

「お前さん」

と、小里がか細い声で言って振り向く。

「どうした、具合が悪いか」

与四郎はむくりと起き上がった。

「いえ、太助のこと」

「太助？」

「さっき帰ってきたときに、様子がおかしくありませんでしたか」

「そうだったか」

与四郎は首を捻り、再び体を横たえた。

「なんだか覇気がなかったといいますか」

「日比谷先生のことだろう」

「そうかもしれませんが、今まで以上に……」

小里が考え込んだ。

「そのように見えなかったが」

「それならいいのですが」

「むしろ」

悪い方に考えてしまうのは、体の調子がよくないからだ。

与四郎は、今までの小里の様子からして、そう捉えた。

「めまいは？　腹痛は？」

さらには、頭痛はどうかなど、何度も症状がないかきいた。

「横になっておりますから」

小里は平然と答える。

「なら、よいが」

与四郎は改めて、小里を見た。

遠い目をしている。

まだ、太助のことを心配しているのだろう。

無言のまま、与四郎は小里のことを見つめていた。

やがて、瞼が重くなった。

次に目を開いたときには、裏庭側の窓から陽《ひ》が差し込んでいた。

与四郎が起きるのと時を同じくして、小里も目覚めていた。

だが、昨夜と同じ表情だ。いや、陽の光が小里の半顔を照らして細部まで映し出しているせいで、昨夜よりも深く考え込んでいることが、はっきりと顔に表れて見える。

「さあ」

与四郎は気分を変えろと言わんばかりに勢いよく起き上がった。

廊下に出ると、店の間から物音がする。

行ってみると、太助が売り物の整理をしていた。

「やけに早いな」

「あ、旦那。おはようございます」

「飯は食べたのか」

「お先にいただきました」

「今日はどうしたんだ」

「最近、道場がやっていなくて体が鈍《なま》っていますから」

太助は無理やり笑いを作っているようだった。

「昨夜も遅くまで、素振りをしていたんだろう」

「ええ」

「やはり、お前は剣術が好きなんだな」

与四郎は、商売と剣術のどちらも両立させたいという太助の言葉をそのままに受け取っていたが、ふと違うかもしれないと感じた。

何年間も奉公して、父親のように接してくれた与四郎に対して、商売もしなければ申し訳が立たないと思っているだけではないか。

「ええ」

与四郎の問いに、太助は小さく頷くだけであった。

「ここのところ、長太が頑張ってくれている」

「ええ、先日、旦那が荷売りに出たときにも、店では長太が新しいお客さまにあれこれ勧めて、お客さまはそれをお買い上げくださいまして。私なんかよりも、だいぶ商売の筋がいいんでしょう」

太助は笑顔で答える。

「たしかに、長太は算術も心得ているし、商売には向いているが」

「ええ」

「お前さんはどうなんだい」

「私ですか？」

「剣術だけに精を出したいのではないのかい」

「いえ」

太助は咄嗟《とっさ》に否定する。

その後、少し沈黙があった。

「もし、私のことを思って、自身の気持ちを押し殺しているのだとしたら……」

「そんなことはありませんよ」

「無理して合わせることはないからな」

「ええ」

太助は、にっこりと笑った。

「今日はお前さんが荷売りに出るかい」

「そうします」

「それなら、箱崎町《はこざきちょう》に……」

と、与四郎はどこに寄って、何を渡してくれという細かい指示をした。


昼過ぎ、客足が途絶えたので休憩を取ろうと思っていると、大柄で目つきの悪い五十代半ばの脂ぎった男が店に現れた。その後ろに、二十歳《はたち》そこそこの男もいた。土間にいた長太と、帳場にいるお筋の顔が引き締まった。

男たちは与四郎を見るなり、

「太助はいるか」

と、年長の男がきいてきた。

「いまは荷売りに出ていますが」

「いつくらいに帰ってくる？」

「暮れ六つは過ぎると思います」

「なら、その時にまた来る」

「失礼ですが、益次郎親分でございますか」

与四郎は年長の男にきいた。

なんとなく、そんな気がした。

若い男がむっとしたように、

「ああ、そうだ」

と、刺すような目で答えた。

それだけ答えると、ふたりはそそくさと店を出た。

すぐに、

「旦那さま、随分と傲慢《ごうまん》な方々でしたね」

と、長太が言った。

しっ、と帳場からお筋が注意する。

長太はお筋を見て肩をすくめたが、

「新太郎親分や栄太郎さんとは大違いですね」

と、言った。

「ああ」

「でも、太助さんに何があったんでしょうか」

「井上先生の道場に通っているから、話を聞かれるだけだろうが」

与四郎はそう答えながらも、もっと他のことがあるのではないかと不安になった。

それに、太助の昨夜の様子がおかしかったと小里が言っていたのも気になった。

与四郎は店の間を離れ、居間へ行った。

小里は巾着《きんちゃく》を作っていた。

店に出られないまでも、何か商売の手伝いがしたいと小里が言い、自ら巾着を作って売ることを考えだした。

居間に入るなり、

「どうしたんです？」

と、小里が手を止めてきいてきた。

「いま益次郎親分がやってきた」

「なんでしたの？」

「用件は言わないが、太助に話があると」

「太助に……」

小里は思い詰めるように、眉間に皺を寄せる。

陽が沈み、太助が帰って来た。

どことなく、暗い表情に見えた。

「太助」

与四郎が呼びかける。

「はい」

声にも覇気がなかった。

「どうした」

「いえ、何でもございません」

「昼頃、亀戸の益次郎親分が来て、お前のことを探していた。また夕方に来ると言っていたが」

「先ほどお会いしました」

「そうか。何の話だったんだい」

「井上さまのことです」

太助が静かに答える。

何かやましいことがある時にする彼の癖で、耳たぶをいじった。

「井上さまはまだ誤解が解けないのか」

「まだで、ございますが」

言葉と言葉の間に、躊躇うような間があった。

「だが、益次郎親分もお前にききに来るとはな」

「切羽詰まっているのでしょう。あのお方は、どうしても井上先生のみならず、日比谷先生をも罪人とみなしている節がございます」

「横瀬先生は？」

「何も仰っていません」

太助が首を横に振った。

「お前さんが話を聞かれたのは、井上先生のことだけなのだな」

「そうです」

「まさかとは思うが」

与四郎は太助の目をじっと見つめた。

太助は僅かに逸らす。

「お前さんも疑われているようなことはないだろうな」

「それは、ありません」

「正直に話してくれ。お前さんが疑われるようであれば、誤解を解くために、私が動かなければならないからな」

むろん、太助が鉄砲の件に関わっているはずがないということが前提にある。

「いえ」

太助は首を小さく横に振った。

「お前さんは疑われていないな」

与四郎は、慎重に確かめた。

「おりません」

太助が目を見て答えた。

どことなく、目に精気がなかった。


その翌日も、太助は荷売りに出たいと言った。

普段であれば、一日置きに入れ替わり、店と荷売りという役割になるが、二日連続で太助が荷売りに出ても構わない。

ただ、益次郎が訪ねてきた件もある。

「しつこいようだが、本当に面倒なことに巻き込まれていないだろうな」

居間で、小里がいる前で、与四郎は太助に尋ねた。

「はい」

太助は短く答え、

「行ってきます」

と、そそくさと居間を去った。

小里は与四郎を見るなり、

「心配なのは、お前さんもですよ」

と、細い声で言った。

「私も？」

「今回の件でも、面倒なことに巻き込まれやしないかと」

「その心配はない」

「しかし、周囲の人たちを見捨てておけない性格ですから」

「だが、お前の気に障るようなことはしたくない」

「気に障るわけではございません。ただ、心配なだけで」

「似たようなものだ」

千恵蔵が何も口出ししないように告げに来たことは、小里に言っていない。

素直に、千恵蔵の忠告には従うつもりだ。

その代わりかわからないが、千恵蔵も訪ねてきていない。

「まあ、新太郎親分もこちらに来ていないようですし、お前さんが相談を受けたり、動いているようなことはないでしょうが」

「それより、太助だ」

与四郎は言った。

「はい……」

小里は頷いた。

少しの間、考えるように黙り込んでから、

「茂平次さんと親しくしているのが気になります」

とも言った。

「どうしてだ」

「あの方が、日比谷先生の件で探索に加わっているのでしょう」

「そうだが」

「今回だけでなく前々から、何か起きたら、あの人は動き回ります」

「世話好きなのかもしれない」

「度が過ぎていると思います」

小里は、ピシッと言う。

「しかし、同心や岡っ引きらの評判はすこぶる好い。かなりの切れ者だそうだ」

「そうなのでしょうけど」

「太助が、茂平次と一緒に探索に加わっていると考えているのか」

「そこまでは考えていませんが、ともかく、あの方を信頼できません」

「信頼できないか……」

その気持ちが、わからなくもない。

以前、お筋や長太も、茂平次のことを何を考えているのかわからないからと、気味悪がっていた。

「あの人には、下心がある気がします」

小里は険しい目つきになった。

さらに、

「振り返ってみますと、井上先生の門人になりましたのも、千恵蔵親分が紹介してくれたからではありませんか。それも、井上先生の道場に通いたいと、あの人の方から頼んで来ました。それなのに、今回は井上さまを陥れるようなことを……」

と、徐々に語気が強くなる。

「陥れたいわけではないだろうが」

「しかし、結果的にはそうなっています」

「茂平次さんにも、訳があろう」

与四郎がそう言うと、小里はまだ何か言いたそうな口をしながらも黙った。


昼過ぎ、新太郎が訪ねてきた。

同心の今泉も一緒であった。

「これは」

与四郎は客間に通した。

小里が心配そうに、茶を出したり、菓子を勧めた。今泉は小里が何かききたいことがあると見たのか、同席するように告げた。

今泉の表情は明るく、

「横瀬殿が釈放となった」

と、告げた。

「本当ですか」

小里の方が、与四郎よりも先に言葉が出た。

「あとのおふたりは？」

与四郎はきいた。

「井上殿はもう直、出てくるかもしれない」

「井上さまも……」

与四郎は、日比谷のことはまだ予断を許さないが、一安心した。

「急に、どういうことなのでしょう」

小里がきいた。

「横瀬殿に関しては、いくら調べても関与が認められる証が出てこないとのことであるが、井上殿に関しては太助の証言が決め手となりそうだ」

「太助の証言？」

「ああ」

今泉が頷く。

続いて、

「この数日間で、展開した」

と、新太郎が経緯《いきさつ》を述べた。

それによると、日比谷要蔵は相変わらず口を開かないものの、井上伝兵衛は唯一手がかりがなかった九月二十五日の件で、本人が一貫して主張している通り、墓参りへ行ったということが太助の証言で裏付けられ、また小川村の塚林一三へ鉄砲を預かってほしいと頼みに行ったのではないとわかり、井上は鉄砲の件に関与していないとの決定が下される予定だという。

「では、太助が一緒に墓参りに行ったから？」

小里が神妙な顔できき返す。

「そうだ」

今泉と新太郎、ふたりとも頷いた。

「もし、その証言がなければ？」

与四郎はきいた。

「どうなるかわかったものではない」

今泉が首を捻る。

「そうですか……」

与四郎の頭には、どうして太助が墓参りに行ったのかということが浮かんだ。

そのようなことは一言も告げられていない。

隣の小里も、険しい表情のままであった。

「どうした、浮かない顔をして」

今泉が与四郎と小里を交互に見た。

「いえ、まだ日比谷さまが疑われたままだと……」

与四郎は咄嗟に誤魔化した。

小里も同調するようなことを言った。

「ともかく、急いでそれを伝えに来た。太助を褒めてやりたいくらいだ」

今泉は満足そうに言った。

ふたりが去ってから、

「お前さん、太助が」

小里は怪訝《けげん》な面持ちをした。

「ああ」

与四郎は短く答えただけだが、その一言には色々な感情がこもっていた。

「井上さまは、本当に関わっていないのでしょうか」

小里は遠い目をする。

「あのお方のことだ」

「そうですね……」

「だが」

与四郎は、ふと懐疑的になった。

やましいことがあるから、黙っていたのではないか。

小里は落ち着かないようであった。

巾着作りに戻らずに、

「今戸に行ってきます」

と、半刻（約一時間）くらいしてから言った。

「千恵蔵親分のところか」

「そうです」

「親分だって、この件は何ともできないだろう」

「しかし、太助のことで何か聞いているかもしれません。私たちに話さないことでも、親分には……」

話すことは考えられる。

以前にも、そのようなことがあった。

「そうか。しかし、具合は?」

「平気です」

むしろ、今の心持で閉じこもっている方が、体に障るという。普段、心配性の小里であるが、冷静さは欠かさない。

今回は、僅《わず》かながらも焦っている。

「ひとりじゃない方がいい」

「でも」

「蜜三郎さんは?」

「今日は早めに『壇ノ浦』へ行くと」

「なら、お筋さんに頼もう」

「ひとりで平気です」

「いや」

与四郎はひとりで行かせるのは、自分の気が落ち着かないからと、お筋に頼んで付き添ってもらうことにした。

お筋は嫌な顔をせずに引き受けてくれた。

五

小里とお筋は落ち葉を踏んで、今戸神社の裏手にある寺子屋を訪ねた。

そこが、千恵蔵の住まいである。

岡っ引きを勇退してから、子どもたちに学問を教えている。それなのに、未《いま》だに「先生」と呼ばれるより、「親分」という方がしっくりくる。

今日も、子どもたちに論語を教えていた。

ふたりは終わるまで四半刻あまり、今戸神社の傍《そば》にある腰掛茶屋で待った。そこから、寺子屋の様子が見える。

『足柄屋』でじっとしている時には、太助も鉄砲のことに関与しているのではないかという不安が増すばかりであったが、外に出て北風に吹かれながら、お筋と話しているうちに、そのような考えは薄れた。

しかし、まだ残っている。

やがて、子どもたちが寺子屋から出てきた。

見送りに、千恵蔵も表に姿を現す。

ふたりは腰掛茶屋を出た。

千恵蔵は気が付いたようで、ふたりに向かってきた。

「ご無沙汰《ぶさた》しております」

小里が頭を下げる。お筋も続いた。

「何かあったのか」

千恵蔵は、すぐに何かあると踏んだようだった。

「ちょっと、太助のことで」

「何かに巻き込まれたのか」

「そうかもしれません」

「もしや、日比谷さま？」

「はい」

小里は頷いた。

千恵蔵は外では話しにくいだろうからと、居間に通した。ひとり暮らしだが、小綺《こぎ》麗《れい》にしている。

茶を出してくれようとしたが遠慮して、

「井上さまが釈放されるかもしれないとのことで」

と、切り出した。

「それなら、俺も聞いた」

「新太郎親分にですか？」

「いや、横瀬さまだ」

「横瀬さま？」

「先ほど出てこられた。その足で、こちらに寄ってくださってな。ちょうど、寺子屋の休憩の時だったから、軽く話して、また後で来ると言っていた」

もうすぐ来るのではないかとのことだ。

「それで？」

千恵蔵が続きをきく。

「井上さまが釈放されるのは、なんでも太助の証言があったからだと」

「そのようだな。太助が益次郎親分に言いに行ったそうじゃないか」

それが何かおかしいのかと言わんばかりであった。

「しかし、太助はその日、井上さまとお墓参りに行ったということを私やうちの人に話していないんです」

「なに」

千恵蔵の瞼が、ぴくっと動いた。

「親分から見て、井上さまは本当にやっていないと思われますか」

小里は身を乗り出すようにきいた。

「井上さまは……」

千恵蔵が言い淀《よど》む。

その時、裏手から音がした。

低い男の声もする。

「横瀬さまだ」

千恵蔵は立ち上がり、一度部屋を出た。

そして、横瀬と共に戻って来た。

横瀬は廊下で、小里が訪ねてきた訳を聞いたらしい。

「太助が、井上殿と墓参りに行ったと証言したのだな」

居間に入るなり、横瀬は確かめてきた。

「そのようです。それで、益次郎親分も事情をききにやってきました」

小里は答えた。

「うーむ」

横瀬は小里の正面で、渋い顔をして腕を組みながら、畳の一点を見つめた。

小里はただ見守っていた。

やがて、横瀬が顔を上げた。

「やはり、何かあるな」

横瀬は言う。

そして、自身が捕まった経緯についても話し出した。


ひと時前に遡《さかのぼ》る。

九月に入り、朝晩はすっかり冷え切っていた。横瀬は夏だろうと、冬だろうと、常に七つ（午前四時）に目を覚まし、七つ半（午前五時）には身支度を整えて、日比谷要蔵の道場へ行く。

朝早く来る者もいて、その相手をすることもある。

ひとりで素振りをすることもあった。

九月五日、横瀬が七つ半に道場へ行くと、見知らぬ笠を被った侍が道場の入口付近で煙管《キセル》を吹かしていた。

三十過ぎくらいで、色黒で頬骨が出ている背の高い男であった。

横瀬を見るなり、すぐに雁首《がんくび》を逆さにして、指に当てるように灰を地面に落とした。

「何か道場に用でも？」

横瀬は警戒してきいた。

このようなことは珍しい。

それに、相手は吸い続けるのは失礼と思って灰を落としたのだろうが、横瀬からしてみれば、その行為が失礼に当たった。

「日比谷先生を訪ねに来た」

侍は言った。

名乗らない。用件も言わなかった。

横瀬はさらに不審に思い、会わせる訳にはいかないと思った。

「もし用があるならば、時刻をわきまえて来てくだされ」

横瀬は言い放った。

「これは、失礼した」

侍は頭を下げて、そそくさと去って行った。

その後、横瀬はこのことを日比谷に告げた。日比谷は、「はて、誰であろうか」と、首を傾げていた。

しかし、二日後。

九月七日、雨の過ぎ去った夕過ぎ、横瀬と日比谷が門人たちに稽古をつけている最中に、その侍が道場の外から覗いていた。

日比谷がそれを見て、あっという顔をした。

切りのよいところで、日比谷は外へ行った。

何やら親しげに話をして、ふたりは道場に入らず、日比谷の住居へ向かった。

稽古が終わり、日比谷の元へ行った。

すでに、その侍は帰っていた。

日比谷の顔は、どことなく険しく、

「あの者が、数日前に先生を訪ねて来ました。何かございましたかな」

と、尋ねた。

「いや、古い門人でしてな」

「美濃にいた頃の？」

「もう少し前です」

日比谷は静かに答えた。

美濃よりも前に、他の土地にいたことを聞いていなかった。

「どちらにいらしたので？」

横瀬がきくと、

「若い頃には諸国を回っていました。その者とは初めは京で会い、近江国《おうみのくに》の蒲生《がもう》に呼んでいただき、しばらくそこに滞在しながら、道場とまではいかないものの、地元の者たちに剣術を教えておりました」

と、日比谷は懐かしそうに答えた。

「近江ですか」

その者が何故、訪ねてきたのだろう。

何か大事な話がある様子だった。

しかし、その時には、横瀬は日比谷に深く尋ねることはなかった。

数日後、再びその侍が道場を訪れた。

日比谷は迎え入れたが、今度は少し話しただけで帰った。いや、日比谷に帰らされたのだろう。

それからもその侍は何度かやって来た。

横瀬は気になりつつも、日比谷に尋ねてもあまり話してくれないので、そのままにしておいた。

しかし、十月三日の朝であった。

日比谷の道場に、その侍と、あと三人がやって来た。ひとりは僧のようで、剃髪《ていはつ》していた。

道場の蔵に、何やら物を運び入れていた。

十月五日の朝、いつものように道場へ来ると、町内の隠居が近寄って来た。

慌てた様子で、

「日比谷先生が、夜にお捕まりになりました」

と、告げた。

「なに」

「まだ事情はわかりませんが、横瀬先生もお気をつけください」

隠居は悪い予感がすると言った。

その翌日。

横瀬が朝、暮らしている裏長屋を出ようとしたとき、突然、熊坂と益次郎がやって来た。

ふたりはいかにも罪人と対峙《たいじ》するように、

「横瀬、わかっているな」

と、突然、腕を摑《つか》んだ。

縄をかけようとしたので、手を振りほどいた。

「大人しくせんか」

益次郎が怒鳴りつける。

「逃げも隠れもせぬ。まだ某《それがし》の罪状も聞いていないのに、いきなり罪人扱いとは」

「そのようなものだ」

「だとしても、某は好まぬ」

横瀬は言い放ち、益次郎よりも熊坂を睨みつけた。

熊坂は曲がった口で、

「好む、好まぬの話ではない」

と、横瀬の腕を突然摑み、捻りにかかった。

横瀬はさっと手を退《の》け、つい柄に手をかけた。

「やるのか」

熊坂も構える。

「大人しくしている故、罪人扱いだけは御免だ」

横瀬はさもなければ、ここで打ち果たすとばかりに意気込んだ。

万が一、このふたりを相手にすれば、自身の命はない。

瞬時に、感じ取った。

ふたりの身のこなしからして、剣術の試合よりも実戦向きだ。

横瀬は足が悪い。片足を引きずりながら歩いている。

逃げることも出来なければ、相打ちするしかない。

覚悟を決めたが、要求は通った。

「行くぞ」

熊坂は舌打ちして、歩き出した。

「はっ」

益次郎は横瀬の隣にぴたりと付いた。

常に警戒しながら、近くの自身番まで連行された。

自身番の奥の板敷きの間での取り調べは、凄《すさ》まじいものであった。

縄こそかけていないものの、体は益次郎に羽交い締めに押さえつけられていた。

「何の疑いがあるのだ」

横瀬は尋ねたが、

「やかましい」

と、熊坂は突然殴りつけた。

身動きが取れず、何発も顔や体を殴られた。

血の味が、口に広がった。

「だから、罪状は何なのだ」

横瀬は倒れそうになりながらも、熊坂に顔を向ける。

「鉄砲、三挺。知らぬとは言わせぬぞ」

熊坂は言い放つ。

「なに」

横瀬が答えるなり、今度は後ろから羽交い締めにしていた益次郎が後ろに引っ張って、倒した。

頭を打ち、くらっとした瞬間、続けて固いもので殴られ、気が遠くなった。

どのくらい気を失っていたのかわからない。

板敷きの間に、外からの光はない。

熊坂と益次郎の姿もなかった。

「誰か」

声をあげると、自身番の家主がやって来た。

ひどく労《いた》わるように、

「横瀬さま、大変でございましたね」

と、声をかけてくれて、水を持ってきたり、握り飯を渡してくれたりした。

家主は横瀬がこの件に関わっていないと信じてくれた。さすがに、同心と岡っ引きに文句は言えないが、こっそりと気を遣って、最大限のもてなしはしてくれた。

そして、どのような疑いがあるのか話してくれた。

鉄砲が三挺、日比谷の道場で見つかった。その鉄砲には、老中水野越前守忠邦《ろうじゅうみずのえちぜんのかみただくに》の押印のある手形が添えられており、偽造したものとして詳しく調べている。

どちらにせよ、この件は幕府に対する反逆とみなして、調べが進められているという。日比谷が反逆など、考えられない。だが、近江の侍がこれに関わっているのではないかとも思った。

もしも、あの時にもっと深く日比谷に尋ねていれば、このようなことにならなかったかもしれない。

後悔してもしきれなかった。

それから、横瀬は自身番から大番屋に移された。

やけに雨が降る日中だったのにもかかわらず、笠は与えられなかった。

第二章　夢酔独言

一

横瀬が淡々と話しているのを、小里は真剣な眼差《まなざ》しで聞いていた。隣にいるお筋や、千恵蔵は口を挟まない。

まるで、横瀬と小里の対話かのように見守っていた。

「大番屋へ行ってからも、同じような取り調べが続いた」

横瀬は日比谷に対して、何の手助けをしたのか、熊坂は証《あかし》がないからか、拷問《ごうもん》で口を割らせようとした。

しかし、横瀬は音を上げなかった。

「そして、先ほど解き放たれることとなった。理由はわからぬ。だが、井上さまの釈放には太助が関《かか》わっているようだというのは耳にした」

横瀬は告げた。

太助が何に関わっているのか、小里は知っているようだ。

小里は改まった口調で、

「太助は井上さまと九月二十五日に墓参りに行ったと、益次郎親分に話したそうです。しかし、そのことは私にも、うちのひとにも告げていません」

と、切り出した。

「日比谷さまが関わっていないとなれば、井上先生も関係ないのでしょうか」

小里がきく。

「うむ」

横瀬は頷《うなず》いた。

そもそも、日比谷と井上の関係はそれほど深くない。太助が日比谷の道場から、井上の道場に移ったときに話したくらいである。

そのことを小里に告げた上で、

「心配はいらない」

と、言った。

「本当でしょうか」

「ああ。井上さまも直《じき》に出てこられると思う」

「それならば」、
小里は心配をかけたとばかりに、深々と頭を下げた。

ふたりは去った。

横瀬は向かい合った千恵蔵に、

「大変でしたな」

と、言われた。

「いや、誤解が解けただけ、よかったと思うほかない」

横瀬は、にこりと笑って言った。

「日比谷さまは、どうなのでしょう」

「うーむ」

「一切口を開かないというのが……」

千恵蔵が、岡《おか》っ引《び》きの目つきになる。

やはり、あの近江の侍か。

横瀬は考えだした。

「やはり、その近江の侍が関わっていましょうや」

千恵蔵が言った。

「まず、その者が誰《だれ》なのかを知りたい」

「探りましょう」

「しかし」

探り出せるか、横瀬にはわからない。せめて、近江にある藩に仕える江戸勤番の者かどうかさえ、わかっていれば……。

「あっしが探ってみます」

千恵蔵は言った。

「ひとりでか」

横瀬はきく。

「新太郎の力は借りるかもしれませんが」

「くれぐれも、お主まで疑われることのないように」

「あの益次郎のことです。あっしを捕まえるなど……」

千恵蔵は首を捻《ひね》った。

ふたりの間に、因縁《いんねん》がありそうだ。

「日比谷先生を助けたい気持ちは、俺《おれ》も同じだ。手伝えることがあれば、何でも言ってくれ」

横瀬はそう言い、千恵蔵の元を去った。

今戸から、住居のある深川熊井町《くまいちよう》に足を向けて歩き出した。

途中、花川戸町河岸《はなかわどちようがし》で、誰かが尾《つ》けているような気がした。

立ち止まらずに進んだ。

大川沿いではなく、一本中の道を通った。それから、何度も角を曲がった。

遠巻きに、ふたりの男が歩いている。

ふたりとも笠《かさ》を被《かぶ》っているようだ。

腰に何か差しているのか、ここからでは見えない。

浅草阿部川町《あべかわちよう》の新堀川《しんぼりかわ》沿いを歩いていると、通行人が増えた。それでも、そのふたりは一定の距離を保ちながら同じ方向を進んでいる。

足を引きずっていて、少し遅いのに、ずっと後ろを歩いているなど、尾けているとしか考えられない。

いっそのこと、その者たちに近づき、正体を暴こうとも考えた。

(ここで下手に行動を起こしては、また捕まりかねない。それに、自身のことで、日比谷先生も濡《ぬ》れ衣《ぎぬ》を着せられかねない)

横瀬は思い留《とど》まった。

遠回りしながら、南へ向かっていると、いつの間にかふたりの姿は消えていた。

新シ橋《あたらばし》通りを歩き、そのまま神田川《かんだがわ》に架かる新シ橋を渡ろうかとも考えた。

だが、用心して、橋の手前で右に折れて佐久間《さくま》河岸を通った。

次の和泉橋《いずみばし》に差し掛かった。

対岸は柳原堤《やなぎはらつつみ》だ。

夜になれば、夜鷹《よたか》が現れることで悪名高い。

橋を渡ると、右手に大弓の射場《いば》が見える。ふとそこに目をやったとき、弓を構えていた者が突然振り向いた。

その刹那《せつな》、弓矢が飛んできた。

横瀬は咄嗟《とっさ》に体が動いた。

弓矢は横瀬の頭上をすり抜ける。

(何奴《なにやつ》だ)

ふと、背後が気になった。

横瀬は振り返った。

遠くに、影が動いて消えた。しばらく見つめていたが、影は再び現れない。

(気のせいか。いや……)

再び前を向いて歩き始めた。
嫌な予感は続いた。
人気のない堤下を通っていると、堤から視線を感じた。
ふたつの影が現れるや否や、突如、駆け下りてきた。
横瀬は刀を抜いた。
笠を被っていて、相手の顔は見えない。
若そうだ。
しなやかな身のこなしで、左右から刀が飛んできた。
攻撃を受け、弾《はじ》き返す。
素浪人ふたりであれば、容易《たやす》い。だが、このふたりは違った。
受け身で、精一杯だ。
弾き返しても、次から次へと斬《き》り込んでくる。
刃《やいば》が叩《たた》き合う甲高《かんだか》い音が響いた。
おのずと、丹田《たんでん》から「えい」とか「やっ」という声が漏れる。
北風が冷たいが、額や背中には汗が滴っていた。
他に誰も、辺りを通らない。

何度か打ち合っていると、どこからか声がした。何と言っているのか聞き取れなかった。それが、襲ってくるふたりに告げているのかさえ、定かではない。

ふたりは風の如《ごと》く、堤の上に引き上げて行った。

横瀬は肩で息をし、しばらく歩けなかった。

ふと、和泉橋を振り返ると、橋の上からこちらを見ている若い男がいた。

さっきのふたりではない。

見知った顔であった。

（たしか、益次郎の手下の……）

男はそそくさと、橋から去っていった。


その後、横瀬はあまり出歩かないようにした。

ひとつには、また襲われるかもしれないということ。そして、まだ日比谷が拘束されている状態では、誰に迷惑をかけるかわからないということがある。

横瀬が解き放たれた翌夕方、熊井町の裏長屋に与四郎が訪ねてきた。

与四郎は横瀬の顔を見るなり、にっこりと笑みを浮かべた。しかし、すぐに眉間《みけん》に皺《しわ》が寄った。

「どうしたのだ」

横瀬は気になってきいた。

「いえ、女房から聞いていたのですが、余程激しくやられたのかと……」

「これか」

横瀬は額や、顎《あご》を指した。

与四郎は頷く。

「これくらい、剣術の稽古《けいこ》をしていても出来る」

「ですが」

「見た目ほど痛みもない」

横瀬は笑顔で一蹴《いっしゅう》した。

それでも、与四郎は心配そうな顔を崩さない。

「それはともかく、心配をかけてすまなかった」

「いえ。井上さまも、今朝がた解き放たれたと聞きました」

「左様か」

「なにやら、顔色が優れないようですが」

「いや」

昨日襲われたことを話そうか迷った。しかし、与四郎の性格からして、自分の為《ため》に動いてくれそうだ。

それが、申し訳ない。

「出てきたばかりだからだ。それより」

横瀬は井上の話に移った。

与四郎はまだ詳しいことは知らないというものの、太助の証言で井上が釈放されたことは確かなようである。

井上には、多くの門人がおり、その中には大名や幕府の旗本もいる。さすがに、自身と同じような扱いは受けないだろうと、横瀬は踏んだ。

「以前、小里と話したときには、太助のことを心配していたようだったが」

横瀬は言った。

「はい、今もその心配は消えたわけではございません。後ほど、井上さまに事の次第を聞いてみようと思います」

「なぜ、太助が墓参りに同行したのを黙っていたかということか」

「そうです」

与四郎は頷く。

「いまはまだ井上殿に近づかない方がいいかもしれない」

横瀬は重たい声で告げた。

「まだ疑われているのですか」

「日比谷先生が拘束されている以上、俺も含めて、井上殿にも疑いは残っているはずだ。少なくとも、奉行は釈放を許しても、熊坂と益次郎のふたりは違う」

「何かそのような兆候があったのですか」

「いや」

横瀬は首を傾《かし》げたが、与四郎はじっと目を見てくる。

誤魔化すことは、得意ではない。

ひと息ついてから、

「昨日、千恵蔵の家からここに帰る途中で襲われた」

と、告げた。

「誰に、でございますか」

与四郎は目を丸くし、身を乗り出した。

「わからないが、ひとりが弓で射てきた。そして、直後にふたりが俺に斬りかかってきた。それとは別であると思うが、益次郎の手下が俺のことを尾けていた。それに気づいたふたりは、撤退していった」

一日中考えていたが、あのふたりが優勢であったのにもかかわらず、突然去ったのは、益次郎の手下の姿を見て、横瀬の仲間だと考えたのかもしれない。

「横瀬さまを狙《ねら》うのは、誰なのです？」

与四郎が険しい顔で、身を乗り出してきいてきた。

「近江侍の仲間かもしれぬ」

「日比谷さまを訪ねてきた？」

「そうだ。俺が密告したせいで、日比谷さまが捕まったと考えているのやも」

「だとしても、横瀬さまを襲ったところで何になります」

「口封じか」

横瀬はふと口にした。

今まで考えてもいなかったことだった。

だが、それがあながち外れているとは思えなかった。

「口封じ？」

与四郎がきき返す。

「少なくとも、俺はその近江侍の顔を見ている。自身に疑いが向けられる前に、俺を消してしまえば……」

「何も罪のない横瀬さまにそんなことをするとは」

「もしかしたら、その者らは何やら企《たくら》んでいるのかもしれぬ。それを遂行するためというのであれば、十分に考えられる」

「……」

与四郎はしばらく黙ってから、

「では、その者らはまた横瀬さまを襲ってくるのではありませんか」

と、きいてきた。

「うむ、考えられる」

「どうなさるおつもりですか？　ここにいては危険なのでは？」

「外へ行かなければ、平気だ。ここに乗り込んできたとて、狭い部屋の中なら、足が不自由な身だが、いくらでも相手にできる」

「ですが」

「心配には及ばぬ。むしろ、太助のことの方が」

横瀬は切り返した。

「はい、それは重々承知しております」

与四郎は重たく頷き、

「あいつには、なぜ井上さまのことを黙っていたのか引き続き確かめてみるつもりですが、口を割ってくれそうにもございません。もし、横瀬さまと話せば、変わるかもしれませんが」

「それなら、俺のところへ太助を寄越《よこ》してくれ。そうだな、俺が怪我《けが》をして身動きができないから、代わりに日用品を届けるという口実でもつけて」

「よろしいですか?」

「ああ、構わぬ」

横瀬がそう答えると、与四郎は深く頭を下げて、「では、今度そうさせていただきます」と帰って行った。

与四郎がいなくなってから、

「太助の奴、なぜ嘘《うそ》をついたのだ」

横瀬はため息交じりに呟《つぶや》いた。

二

その日の夜。闇《やみ》に紛れて、横瀬は車坂へ行った。

途中までは誰かに尾けられている気がして、遠回りしていた。相変わらず、足を引きずっているので速く歩けない。

途中、上野《うえの》広小路《ひろこうじ》で、知り合いの岸本幸輔《きしもとこうすけ》という武士に会った。岸本は目付《めつけ》、鳥居《とりい》耀蔵《ようぞう》の家来であった。井上門下でもあり、様子を観《み》に行こうとしていたという。

「しかし、こんな夜とは」

横瀬が言うと、

「昼間であれば、目立ちますからな」

岸本は自身が変に疑われるのを避けたい様子であった。

「もしや、井上殿が鉄砲の件に関わっているとお思いで？」

横瀬は確かめる。

「それならば、訪ねることもしません」

岸本は首を横に振った。

しかし、主君が目付という立場であるだけに、井上の動向を探るために訪ねることも考えられた。

横瀬は警戒心を持ちつつ、一緒に車坂まで行くことにした。

道中は、もっぱら鉄砲が日比谷の道場にあったことについて話した。

横瀬が捕まっていたことも知っていて、

「貴殿も大層骨が折れたでしょう」

と、気遣ってくれた。

「拙者より、日比谷先生が心配でござる」

横瀬は返した。

「実際に、鉄砲はあった」

岸本の口ぶりからして、日比谷のことは多少なりとも疑っていそうだ。

「しかし、拙者は訳があると思っております」

「訳とは？」

「誰かにそそのかされたか、それとも預かっているだけなのか」

「反逆の意はないと？」

「むろん」

横瀬は深く頷いた。

岸本は間を取ってから、

「たしかに、日比谷先生がそのようなことをしても何の利にもなりませんからな」

と、考え込んだ。

「だが」

すぐに、岸本は低い声を出した。

「越前守さまに、そそのかされたとしたら？」

「日比谷先生が……」

横瀬は一度考えてから、

「そのようなことはない、と存じますが」

と、つい語尾が尻《しり》すぼみになった。

岸本は黙っている。

「鉄砲を江戸に入れる許可が、水野越前守さまのものだったからでしょうか」

横瀬はきいた。

「そのような噂《うわさ》が立っております故」

岸本は答えた。

そうこう話しているうちに、車坂へ到着した。

誰にも襲われることはなかった。尾行されているかどうかはわからなかった。

井上はこのふたりが同時に訪ねてくると思わなかったらしく、驚いていた。

「たまたま、道端で会いましてな」

横瀬は言った。

岸本は横瀬が井上とふたりで話がしたい旨を察したらしく、

「まず貴殿からお先に」

と、譲ってくれた。

「いえ、待たせてしまっては悪いですから」

「いずれにせよ、ひとりで帰らせては心配です。某《それがし》が途中までお供仕《つかまつ》ります」

岸本は言い放った。

それ以上の譲り合いはせず、横瀬は岸本の言葉に甘えた。

客間に通されると、

「先ほど、幸輔が横瀬殿をひとりで帰らせることができないようなことを言っていたが」

と、井上が心配そうに口にした。

「実は……」

横瀬は尾行されていること、さらに襲われたことを話した。

「その言い方からして、尾けている者らと襲った者らが違うようですが」

「尾けているのは、おそらく襲ってきた者だけでなく、熊坂や益次郎たちでもありましょう。まだ疑っているものと思われまする」

「やはり」

井上には、驚く様子もなかった。

それに、井上も尾行されていると感じているという。

「ただ、襲って来るとなれば」

「おそらくは、この鉄砲の件の当事者」

横瀬は近江侍の件を話した。

襲ってきた者の体つきからしても、どうやらその者だろうと踏んでいる。

「そうとしか考えられませぬな」

井上は同調した。

ただし、横瀬は日比谷の為に、千恵蔵と共に、その者らを見つけ出すつもりだと言うと、「それには賛同できませぬ」と、きっぱりと否定された。

「日比谷先生の為です」

横瀬は主張するが、

「そうかもしれませぬが、横瀬殿が迷惑を被るのですぞ。このまま、大人しくしているのが一番ではございませぬか」

と、井上が言い返す。

「しかし、拙者には日比谷先生から受けた恩がござる」

「恩？」

「ただの浪人だった拙者を、師範代としてくださった恩が」

「ですが、万が一、日比谷先生が関わっていたとなれば、横瀬殿が再び捕まることも考えられるのですぞ。いや、今度は牢《ろう》に送られるでしょう」

井上の口調は強かった。

「承知の上」

横瀬はぽつりと答えた。

「では、何も申しませぬ。ただし、今後、この件が解決するまでは訪ねて来ないで頂きたい」

「むろん。ご迷惑をおかけするわけにはいきませんから」

「うむ」

井上は小さく首を縦に振った。

正直な男であり、気の利いたことは言えぬが、嫌な気はしない。むしろ、井上は正しいともいえる。

「最後に」

横瀬は、太助のことを切り出した。

「九月二十五日、太助と墓参りしたとのことですが」

「あれは……」

井上が口ごもった。

横瀬は待った。

井上は畳の一点をじっと見つめてから、顔を上げた。やや小首を傾げながら、「太助は無駄なことをした」と、ため息をついた。

それ以上きくのは、さらに迷惑になる。

横瀬は感じ取って、その場を後にした。

（太助は墓参りに行っていない）

嘘をついた理由は明白だが、このまま見捨てておいてよいものなのか。

横瀬は重い心持ちで、別室で待っている岸本の元へ行った。

岸本の表情は固い。

さっきの会話が、ここまで聞こえていたようだ。

「岸本殿も」

横瀬が口にしようとすると、

「某は見捨てておけませぬ。ともかく、先生との話はすぐに終わります故、ここで待っていてくだされ」

と、客間に向かった。

四半刻《しはんとき》も待たなかった。

岸本が戻って来た。

神妙な面持ちであった。

「某は、井上先生の道場をやめることにしました」

「え？」

まさか、自分が原因ではないのか。

嫌な胸騒ぎがした。

しかし、岸本は元々決めていたことだと言う。

本当かどうか、わからない。

「今後、剣術はどうなさるので？」

「男谷《おだに》先生のところへ通おうかと。図々《ずうずう》しいながらも、井上先生に推挙して頂きたく、本日罷《まか》り越した次第で」

男谷精一郎信友《せいいちろうのぶとも》のことである。直心影流《じきしんかげりゅう》の使い手で、江戸では剣の実力は随一とも言われている。

その上、人格者とも聞き及んでいる。

一度、手合わせしてみたい相手でもあった。

横瀬と岸本が話していると、井上の弟子が岸本を呼びに来た。

「先生がまだ話したいことがあったと」

「そうか」

岸本は横瀬に「失礼」と言い、井上のいる部屋へ行った。

ふたりの声は、ここまで聞こえなかった。

しばらくして、岸本がどこか安心した顔で戻って来た。

「如何《いかが》で？」

横瀬はきいた。

「推挙してくださることになりました」

岸本は静かな声で言った。

「それはよかったですな」

いくら同じ流派と言えども、他道場へ行こうとする弟子を引き留めもせず、また絶縁することもなく、推挙までしてくれる心意気は、井上らしくもあった。

井上道場を出た横瀬と岸本は、途中まで一緒に歩いたが、

「やはり、ご迷惑になる」

と、横瀬は断った。

しかし、岸本は放《ほう》っておけないと言い返す。

横瀬も無下に断ることができず、「では、筋違御門《すじかいごもん》まで」と言った。

ふたりは御成道《おなりみち》を歩き始めた。

夜もそこそこ更けている。

人通りは、それなりにある。しかし、明らかに妙な気配があった。

途中、立ち止まることはなかったが、岸本と話しながら、肩越しに後ろを確かめていた。

「誰か尾けてきておりますな」

岸本が言った。

「そのようですな」

横瀬は歩きながら頷いた。

「撒《ま》きまするか」

「いや、どうせ拙者の家は知られています。おそらく、いま尾けているのは、熊坂の手の者でしょう」

「某が確かめてきましょうか」

「いえ、拙者には、何のやましいところもございませぬ」

「しかし、熊坂というのは厄介な奴ですぞ」

「ええ」

構わないというつもりで答えた。

「いやいや、わかっておられぬ。熊坂であれば、偽証するでありましょうぞ」

岸本は決めつけた。

「そこまで?」

「殴る蹴《け》るなどは、ざらであったでしょう」

「……」

「それに、今回はただ鉄砲が見つかっただけではなく、水野越前守さまの印が押された手形が見つかっている。熊坂が反水野派と手を組んで、越前守さまを追い落とそうとしているのは明白」

岸本もさすがに声を顰《ひそ》めた。

硬い表情ながらも、何かしてやろうという気概が感じられる。

さては、熊坂と因縁でもあるのか。

横瀬はさりげなく探ってみた。

岸本は初め熊坂のことは、噂で聞く限りでは、という言い回しをしていたが、やがて、「あの者は出世の為ならば手段は選ばぬ。仲間でさえ、平気で売るような輩《やから》」と、批判した。

「何があったのですか」

「もう十年も前の話」

岸本は苦笑いする。

詳しくは話してくれない。

冷たい風に背中を押されて、筋違御門の手前に来た。

話の続きはまた今度とばかりに、

「近いうちに」

と、岸本は踵《きびす》を返した。

そのまま神田川を下流に下り、次の和泉橋を渡った。

射場には、誰の姿もない。

だが、どことなく警戒をしてしまった。

それから、熊井町の裏長屋まで、特に何ともなかった。

やけに、野犬が鳴いている夜であった。

三

十月十四日の夜。

青々と立派に天高く伸びている『足柄屋』の裏庭の竹が、初冬の風に揺られ、サラサラと鳴っている。

与四郎は、『足柄屋』の贔屓《ひいき》の客たちと共に行く紅葉狩《もみじが》りを、翌日に控えていた。

場所は、品川鮫洲《しながわさめず》の海晏寺《かいあんじ》。

歌川広重《うたがわひろしげ》の『東都名所《とうとめいしょ》』にも描かれている紅葉の名所だ。

十月は神無月《かんなづき》、その名の通り、神々が出雲大社《いづもおおやしろ》へ行くため江戸に不在になるので、祭事はない。

唯一、この月の楽しみといえば、紅葉である。

与四郎は、商売一筋で、あまり風流なことを楽しむ質《たち》ではないが、贔屓の客から声がかかると無下に断るわけにもいかない。

だからといって、一件ずつ付き添っていたのでは商売どころではないので、まとめて皆で出かけることにした。

今年初めての試みだが、嫌がる者はいなかった。

客の多くは商家のおかみさんや、武家の奥方や娘で、紅葉狩りにも女が多い。しかし、それだけでは道中心配であるから、男衆が必要である。

太助は欠かせない。

だが、もうひとり欲しい。

小里に相談すると、千恵蔵に声をかけたらどうだと言われた。

「千恵蔵親分か」

与四郎はつい、考え込んだ。

「嫌ですか？」

小里が細い声できく。

「そうではないが」

与四郎は首を小さく横に振った。

小里は、与四郎が千恵蔵を避けていると思いがちだ。

そのつもりは毛頭ない。

そして、昨夜、千恵蔵にも声をかけに今戸へ行った。

千恵蔵は湯屋から帰ってきて、小腹が減っていたと餅《もち》を焼いていた。与四郎が来ると、すぐに与四郎の分まで七輪に並べた。

先に焼きあがった方を与四郎にくれるが、紅葉狩りの件は、

「すまねえが、調べなきゃならねえことがある」

と、珍しく断られた。

「調べなきゃならないことですか」

「ああ」

千恵蔵の目つきは、岡っ引きの時のようであった。

「まさか、日比谷先生のことでは？」

与四郎は確かめた。

「そうだ」

　千恵蔵は頷く。

「親分は、私には小里に心配かけないように黙っておけと言っておきながら」

「俺は構わねえ」

「いえ、小里は親分のことを随分と心配しているんですよ」

「だとしても、お前さんの身に何かあるのとは大違いだ」

「でも、まるで父親のようだと」

　与四郎は口にした。

「なに、父親のようだと？」

　千恵蔵の目の色が変わった。

「ええ、だからあまり親分も無茶をなさらずに。私にだけ、責任を押しつけないでください」

　与四郎は強く言った。

　千恵蔵は出来上がったもうひとつの餅を取り、

「すまねえ」

と、僅《わず》かに目を背けながら謝った。

「いえ」

与四郎も言い過ぎたと思った。

「だが、この件はどうしても放っておけない」

「日比谷先生の無実を信じているからですか」

「無実かどうか」

千恵蔵は首を傾げる。

「もしや、疑っているので？」

「鉄砲が日比谷さまの道場から出てきたことは疑いようがない」

「皆さん、同じことを仰るのですが、それを日比谷さまは知らなかったということは？」

「それなら、大番屋で無言を貫くのではなく、何かしら否定なさるはずだ」

「では、親分の見立てではやっていると」

「鉄砲を道場に置いたのは、日比谷さまの裁量だろう。だが、それにはそれなりの訳があるはずだ。日比谷さまが無言でいるということは、誰かに迷惑をかけるのを恐れているからに違いねえ」

それが誰なのかを探すとばかりに、千恵蔵は言った。

強い眼差しには、自信がみなぎっていた。

「見当はついているのですか」

「横瀬さまがな」

「横瀬さまは、その一件に関係ないのでは？」

「ああ。道場を何度か訪ねてきた怪しい者がいる。それに、横瀬さまは釈放されてから、一度襲われている。おそらく、その者だろう」

千恵蔵はそう言うが、詳しく教えてくれることはなかった。今に見つけ出すとばかりに、意欲を見せていた。

「紅葉狩りのことは横瀬さまにでも、お願いして参ります」

与四郎は何気なく言った。

日比谷はまだ出てきていないし、道場で稽古を始めるわけにはいかないだろう。

「よせ」

千恵蔵が止める。

「横瀬さまは未だに、熊坂の旦那や益次郎に目をつけられている。お前さんも下手に疑われかねない」

「しかし」

「あのふたりを、まともな者と見ない方がいい」

「どういうことですか」

「あらゆる手を使うから、気をつけなきゃならねえ」

千恵蔵はきつく言った。

さらに、

「小里に迷惑をかけるんじゃねえぞ」

と、告げてきた。

行くなら、新太郎を頼れと言われた。新太郎は行けなかったとしても、手下が何人もいるから、誰かしら付けてくれるだろうとのことだ。

「わかりました」

与四郎は言いたいことはあったが、飲み込んだ。

今戸を出て、鳥越に向かう。

大川からの風は、相変わらず容赦なく吹きつける。吐く息が白く、手先が冷え切っている。

今年は幾らか寒いようだと、感じた。

鳥越の新太郎は、自宅の二階にいた。手下たちと難しい顔をして、話し合っているようであった。

部屋中、煙がもくもくと漂っている。

与四郎は邪魔をしたかと思い、目的を告げずに帰ろうかと思ったが、

「すまねえ。日比谷先生のことで、ここにいる皆がどうにかしたいと考えていてな」

と、新太郎が口にする。

それより、何の用かとすぐに尋ねてきた。

「明日、紅葉狩りに行くのですが」

男衆が足りないと、告げた。

「なら、あっしが」

栄太郎が進み出た。

「決まりだ」

新太郎はすぐに決めた。

「探索は平気なのでしょうか」

「ああ、今泉さまの見廻《みまわ》りの付き添いは栄太郎がいなくても平気だし、日比谷先生のこともすぐにどうこうできる話じゃねえ」

新太郎は答える。

「千恵蔵親分が、そのことで動いているのはご存知で？」

与四郎は、ふと気になった。

「なに？」

新太郎は驚いたように、きき返した。

「私も詳しくは知りませんが、横瀬さまに心当たりがある人物がいるらしく」

「そうか」

新太郎は腕を組んだ。

「親分」

手下のひとりが、声をあげる。

新太郎が声の方に顔を向けた。

「なんだ」

「千恵蔵親分、大丈夫ですかね」

「どういうことだ」

「あの茂平次さんと親しいですから」

「うむ」

新太郎はそれ以上話したくなさそうに、煙管《キセル》に口を付けた。

煙がたちこめる。

与四郎は思わず、聞き耳を立ててしまっていたが、

「失礼しました」

と、その場を後にした。


翌朝、五つには『足柄屋』を出た。

集まったのは、二十人余り。

昼食は、蜜三郎が気を遣ってくれて、『壇ノ浦』で作ってもらった。二十人前となると、かなりの荷物になるが、与四郎、太助、栄太郎、そして蜜三郎も付き添うことになった。四人いればなんとかなる。

道中の紅葉も所々では綺麗《きれい》だが、一行は目もくれない。

それぞれに、会話に花を咲かせている。

一行の先頭には与四郎と栄太郎が、後方には太助と蜜三郎が付いた。

与四郎は栄太郎に、昨晩の打ち合わせのことを聞いた。

特に、茂平次と千恵蔵が親しいからということが引っかかっていた。

「あっしらの中では、茂平次さんをあまり好《よ》く思っていないんです。あの人はなんで

もかんでも口を挟みますし、何か裏を感じるんです」

「裏というと?」

「あっしらを利用して、出世を企んでいるんじゃないかと」

「出世?」

「幕府に仕官したいと考えているに違いありません。そのために、井上先生に近づいたのでしょう」

栄太郎は決めつけるように言い、

「まあ、これは太助には言えませんがね」

と、後ろを見遣《みや》った。

与四郎もつられた。

太助は蜜三郎と親しげに話していて、こちらの動向には気づかないようであった。

前を向き直し、

「しかし、今回の件は茂平次さんが絡んでいる。わざわざ利用しようとしている者を陥れるだろうか」

と、与四郎は首を傾げた。

「しかし、井上先生は釈放されました」

「太助の証言があったからではないのか」

「それもありますが、茂平次さんが色々と手を回していたそうです」

「手を回すというと？」

与四郎はきいた。

栄太郎は咳払《せきばら》いをして、小さな声で、

「井上先生の門人たち、一人ひとりに当たって、先生を釈放するために尽力するように執拗にお願いしていたみたいです」

と、話した。

確かに、井上の門人には幕臣も多い。だが、井上の件で釈放にまで持っていける力のある者がいるのだろうか。

そう考えていると、

「何も、茂平次さんは井上先生を無実にさせようと動いていたわけじゃないかもしれません。ただ、この機を利用して、幕臣たちと近づいたといっていいでしょう」

と、再び決めつけるように言った。

現に、茂平次が声をかけたのは、それなりの役職にある幕臣だけだという。

「ともかく、茂平次さんには気を付けなければなりません。元々、長崎の地役人だったといいますが、どういう経緯《いきさつ》で江戸にやって来たのかわかりませんから」

栄太郎は言い放った。

茂平次には、どこか裏がありそうだ。

これは考えていたことであるが、栄太郎が言うほど疑うべきことであるのか。与四郎にはわからなかった。

途中、芝増上寺《しばぞうじようじ》で参詣《さんけい》を済ませ、軽く休憩を取ってから、一行は先に進んだ。品川に到着したのは、四つ半（午前十一時）くらいであった。

紅葉のよく見える場所に茣蓙《ござ》を敷き、『壇ノ浦』の弁当を食べることになった。

そして、食事を終えると、与四郎は商売道具を広げた。

紅葉に似合いそうな品々を選《よ》りすぐって持ってきた。

このような場所に来ていることも相まってか、商品は飛ぶように売れた。

八つ半（午後三時）には品川を出た。

黄金色の夕陽《ゆうひ》が、怪しくも輝いていた。

『足柄屋』に戻ってきてから、与四郎は男衆に小遣いをやった。ただ手伝ってくれたことに対する感謝の意を示すものであったが、栄太郎は違う意味合いに受け取ったらしい。

「日比谷さまのことは、しっかりとお報《しら》せいたします」

「いや、そういうことじゃないから」

「任せておいてください。それに、太助のことも道を踏み外さないように注意しておきますから」

栄太郎が去ってから、与四郎は自室に太助を呼んだ。

太助はやけに深刻そうな顔をしていた。

「旦那《だんな》、今日は盛況でよかったですね」

声の調子と、顔の険しさが似合わない。

「だが、日比谷さまのことが引っかかっている」

「それは私も同じでございますが」

「そのようだな。そういえば、横瀬さまが解き放たれた」

「ええ、存じております」

「その後、お会いしたか」

「いえ」

太助は小さく首を横に振った。

「横瀬さまは先だって襲撃されてから用心してあまり出歩かないようにすると仰《おつしや》って

いた」

「しかし、横瀬さまはお独りで暮らされているので、全く出歩かないこともできません」

「うむ、そこで私に日用品などを届けてくれないかと頼んできた。どうだ、頼まれてくれるか」

「私がですか」

「そうだ。横瀬さまも、井上さまはお前のおかげで牢から出られたのだろうと随分と感謝しておった」

「……」

「ともかく、横瀬さまもお前に会いたがっている。明日にでも行っておくれ」

与四郎は顔を覗き込むようにして言った。

「わかりました」

太助は曖昧《あいまい》な表情ながらも、小さく頷いた。

四

翌夕、北風が吹くなか、太助は横瀬の暮らす裏長屋へ寄った。与四郎から託された日用品などを運ぶと、横瀬はいつになく穏やかに微笑《ほほえ》みかけてくれた。

「すまぬな」

「いえ」

太助はそれだけですぐに去ろうとしたが、

「上がっていってくれ」

横瀬がまじまじと目を見ながら誘ってくるので、断ることができなかった。そのまま、四畳半に上がった。

まず、横瀬が仰々しく頭を下げながら、

「まだ疑われているかもしれぬが、なんとか牢から出ることができた。信じてくれた皆には、なんと感謝をすればいいのかわからぬほどだ」

と、言う。

「俺はあまり聞かされておらぬのだが、井上先生の行動が疑われていた九月二十五日、お前が一緒に付き添っていたそうだな」

「はい」

「小川村へ行っていたとか」

「お墓参りでございます」

「どうして、お前が一緒だったのだ」

「それは……」

「何も疑っているのではないぞ。ただ、気になったのでな。お前が井上先生の道場へ移ってから半年ほど。古参の門弟たちもいるなかで、お前が選ばれたというのがすごい」

横瀬は褒めてくる。

太助にはむず痒《がゆ》かった。

「やはり、剣術の才能を見込まれたのか」

「いえ、そんな」

「違うのか？　元々、井上先生が日比谷先生にお前を車坂の道場に欲しいと言ったのではないか」

「そうでございますが、あの時はたまたま剣術大会で成績がよかったからで」

「謙遜《けんそん》せぬでもよい。お前の腕はわしも認める」

「恐れ入ります」

太助は肩身が狭かった。

どうして、今日に限って横瀬はこんなに褒めてくるのであろうか。

「横瀬先生」

太助が声をかけるのと同時に、

「お前は下手なことで道を踏み外してはならない」

という今までにないほど重たい声で横瀬が言った。

「えっ？」

「どのような結果になろうとも、たとえそれが誰かを助けるためであろうとも、正々堂々と生きる方がよい」

ぐっと力の入った横瀬の目に、太助は見つめられた。

井上のことで、嘘をついたと知っている。

急にどぎまぎとしてしまった。

「太助」

横瀬が静かに呼びかける。

「はい」

次に来る言葉は予想できる。

「なんでしょう」

太助は恐る恐るきき返した。

「困ったことがあれば、いつでも頼ってくれ」

「は、はい」

「俺だけでなく、力を貸してくれそうな者はいるから」

「お力を……」

「ともかく、いまは井上さまの元でしっかり学ぶのだぞ」

横瀬は意味ありげに言ってから、日用品を届けた礼を再び言った。

「また来てもらうかもしれない」

「横瀬先生の為であれば、いつでも御用を承ります」

「うれしいことを言ってくれるのう」

横瀬がにこりとする。


太助が『足柄屋』へ戻ったのは、それから半刻ほどしてからだった。帰ってくる途中に、柳橋《やなぎばし》の芸者に引き留められた。

よく『足柄屋』で品物を買ってくれる客で、今日は白粉を求めてくれた。ふたつ渡し、金銭を受け取ってから、四方山《よもやま》話をしていると、不意に井上道場のことが話題にあがった。

「そういえば、井上先生にまだ疑いが残っているのかい」

「そのようなことはないかと思いますが」

「そうかい。ならいいんだけど」

「どうかなされたのですか」

「いえね、昨日、井上先生のお座敷に呼ばれたんだけど、先生の顔色が優れなくてね。お前さんなら何か知っているかもしれないと」

「お疲れになっているんじゃないですかね」

「そうかい？　先生はお前さんの心配をしていたって、他の芸者から聞いたわよ」

「私のですか？」

「どういうことかわからないんだけど、本庄茂平次さんがね、先生に太助が万事うまくやってくれていますからって言っていたそうなの」

「茂平次さんが……」

「先生に何もなければいいんだけど。ちょうど、お前さんと会ったから聞こうと思っていたのよ」

「私は何にもできません。ただ、茂平次さんがよく言ってくださるだけで……。それより、茂平次さんもその席にいらっしゃったのですか」

「ええ、茂平次さんが催したのよ。先生が出てこられたお祝いというので」

「そうでしたか」

「他にも色々な方がいらっしゃって、賑《にぎ》やかな会でしたよ」

芸者は次から次へと喋《しゃべ》る。

商人の名前もいくつも挙がっていた。それらは、井上道場を支援している店々で、本庄茂平次がその者らを集められるのが不思議であった。

「それにしても、茂平次さんって面白い方ね」

芸者は茂平次のことをよく思っているらしい。

いまは茂平次の名前を聞くのも避けたいので、夕方で腹が減っていると言い訳をして芸者の元を後にした。

『足柄屋』に戻り、店の間の帳場へ行き、売り上げを車簞笥《くるまだんす》に入れてから、記帳した。

その時、お筋が寄って来た。

「先ほど、井上先生の門下の方がお見えになりましたよ」

そう告げる。

「先生の門下ですか?」

「名前は名乗っていませんでしたが、三十代半ばの小柄な方で」

「はて、北村《きたむら》さまか、それとも三好《みよし》さまか」

何人か思い浮かぶ者はいる。

ここに来るのだとしたら、井上の伝言を持ってきたのだろうか。だが、それならば、お筋に預けてもよいもの。

（もしや、あまり大きな声で言えないようなことでも）

ぎくり、とした。

「また来るということ以外は、何も仰っていなかったのですか」

「まったく」

「そうですか」

「ただ……」

お筋がどことなく怪訝《けげん》そうな顔をする。

恐る恐る、

「何か怪しいことでも？」

と、尋ねた。

「いえ、どこか素性のわからない方でしたから」

「素性のわからないといいますと？」

「ただの勘です。忘れてください」

お筋は言った。

だが、太助は引き下がらなかった。

「お筋さんの勘は当たります」

聞き出すために、口から出た。

当たる、というのもあながち間違いではない。

お筋は勘が鋭い。

「どういうことでしょう」

太助は改まってきいた。

「見た目からしまして、どこかにお仕えなさっているお武家さまには見えませんでした。かといって、浪人という感じでもございませんでした。それなので何か妙に思ったのでしょう」

「そうですか」

そのような人物で思い当たる者はなかなかいない。

ともかく、誰が来ようとも、九月二十五日の嘘は知られていないはずだ。井上も、そのことを他人には話さないだろうとは思う。

それから、数刻後。

再び、太助を訪ねる者があった。

取り次いだのは、ちょうど帰りかけのお筋であったが、「先ほど来られた方です」

という。

太助が勝手口に出ると、お筋が言っていたように、小柄な三十代半ばの男がいた。

その顔に見覚えもない。

「どちらさまで？」

太助はきくが、

「お主が井上門下の太助か」

男の声は野太かった。

「はい」

貴方《あなた》さまは、とききき返そうとするが、

「まさか、こんな子どもだとは」

男は斬り捨てるように言った。

太助は、むっとして、

「武士であれば、元服を済ませております」

と、言い返した。

「かといって、まだ二十歳《はたち》にもなっていなかろう。せいぜい十三、四といったところだろう」

「十五になります」

太助はさらに腹立たしくなり、強い口調で言い返した。

「見たところ、井上先生の門下ではなさそうですが」

何用か、厳しい口調で尋ねた。

相手はそれでも名乗ろうとしない。

「ここでは、お主も話しにくかろう」

男は裏手に誘った。

少し外すことを、小里に告げようと思ったが、

「どうした、行くぞ」

と、男に促された。

太助は男の言動の一つひとつが気に食わないながらも、もしや九月二十五日のことを言われるのではないかと、嫌な予感がしながら男に付いて行った。

『足柄屋』から、しばらく歩いた。

「貴方さまは」

「勝小吉《かつこきち》ってもんだ」

「勝？」

珍しい苗字《みようじ》だと思った。それと同時に、どこかで聞いたことのある名前だ。

「何用で」

「井上先生が、お前さんのことを随分と心配していた。だから、様子を見に来たんだ」

「心配といいますと？」

「なんだかわからねえが、お前さんが先生のことを庇《かば》ったようじゃねえか」

「庇ったというより、先生の疑いを晴らしたまでで」

「どう晴らしたんだい」

「先生が、九月二十五日に小川村まで墓参りに行っていた。それを証言しました」

「墓参り？　そりゃあ、おかしいな」

「え？」

「九月二十五日だろう」

勝が鋭い目を向けた。

「はい……」

太助はつい頼りない声で答えた。

「おい」

勝が睨《にら》みつける。

「なんでしょう」

太助はさらに小さな声になった。

「何が目的だ」

「ですから、先生をお助けしたいだけで」

「そのために、出鱈目《でたらめ》を言っただけか」

勝の低い声が、耳朶《じだ》に響いた。

この男は、嘘だと知っている。

なぜだ。

そもそも、何者なのだ。

一瞬のうちに、様々なことが脳裏で渦巻いた。

「どうなんだ」

勝の言葉は荒々しかった。

「本当のことを言ったまでで」

太助がそう答えると、

「嘘だ」

勝は遮る。そして、有無を言わさず、「お前は嘘をついている」と糾弾するように、
鋭い目で睨んできた。

「……」

太助は言葉が出ない。

「なんで嘘なぞついた」

「……」

「俺は町奉行の回し者でもなんでもねえ。正直に答えるんだ」

段々と勝の口元に力がこもってきた。

「悪意はないようだな」

勝の言葉に、

「はい」

と、つい太助は頷いた。

「だが、そんな嘘はよくねえ」

「……」

「よくねえぞ」

勝は声高に言った。

「すみません」

太助は威圧されて、思わず謝った。

「困ったな」

「何がです？」

「いやさ、お前がそんなことを言っちまったばかりによ」

「どういうことですか」

「俺が解決する」

勝は太助には目もくれず、遠くを見ながら、去った。

それから、『足柄屋』に戻ると、与四郎が心配そうに近づいてきた。

「どこへ行ってたんだ」

「ちょっと訪ねてきた人がおりましたので」

「誰だ」

「それが、よくわからない人で」

「え？　危ない奴じゃなかろうな」

「違います」

咄嗟に答えたが、

「どういう方なのだ」

と、与四郎に問われた時にすぐに答えられなかった。

「勝小吉さまというお侍さまで」

「どなたであろう」

与四郎は考えだした。

「あまりご自身のことは仰っていませんでした」

「で、何の御用だったのだ。まさか、井上さまのことでは」

「え、ええ」

太助は小さく頷いた。

「井上さまのことなんだな」

与四郎が厳しい目つきで確かめてくる。

「ひとりで勝手に色々と仰って帰って行かれたのですが、井上さまのことを心配なさっていました」

「井上さまのお知り合いか」

「わかりません。少し言葉も乱暴で、まともなお方に思えませんでしたが」

「だが、わざわざお前さんを訪ねてこられたのだ。どういう訳であれ、思惑があったのであろう」

「そうなのでしょうが」

与四郎も、それ以上きいても何もわからないと思ったのか、どこか納得できなそうな表情のまま、

「明日は、お前さんが荷売《にないう》りに出るかい」

と、きいてきた。

「どちらでもよろしいのですが」

「なら、私が店番をしておく。もしかしたら、また勝さまという方が現れるかもしれない。その時には、私が用件をお聞きしても構わないかい」

「え、いや」

「何か都合が悪いのかい」

与四郎の口調は強かった。

怒るというより、心配が勝っているようであった。
「いえ、構いません」
勝小吉が来ないで欲しいと願いながら、太助は二階に上がった。
翌朝、太助は明け六つに『足柄屋』を出た。太陽の出ている方に向かって歩き出した。
陽の光は弱い。
太助の胸は落ち着かなかった。
勝のことである。
荷売りをしながら、武家地へ行くと、女中であろうと、武士の奥方であろうと、
「勝小吉さまという方をご存知ですか」と、聞いて回った。
たいていは、知らない、という返答だった。
しかし、牛込下宮比町《しもみやびちょう》にある旗本の奥方が、
「あの勝さまかしら」
と、口にした。
その旗本の友人であり、遊び仲間でもあるそうだ。

以前、その旗本が吉原へ行き、深酒をして帰って来たときに、勝という名前を出していたので覚えているという。

「なんでも、吉原では悪名高いとか」

奥方は言った。

昨日の勝の様子からして、そう言われても何も違和感を覚えなかった。

ただ、その奥方は勝のことについて、他に何一つ知らないそうだ。それからも探し回ったが、結局、それ以外のことはわからなかった。

夕方になり、太助は車坂の井上道場へ行った。

すでに稽古は始めているが、まだ門人たちは全《すべ》てが戻ってきているわけではなかった。何人かは、井上の元を離れたと聞いている。

太助は半刻あまり、道場で汗を流すと、井上に近寄った。

井上は歓迎するどころか、嫌そうな顔をする。

「あの、ひとつお伺いしたいことが」

「なんだ」

「勝小吉さまという方をご存知で？」

「ああ」

井上の眉《まゆ》が、僅かに上がった。

「その方が訪ねて来られました」

「何用で？」

「わかりません。ただし、困ったことになったと」

「困ったこと？」

「おそらく、九月二十五日のことで」

太助は用心深く声を抑えた。

「わからぬな」

井上は首を傾げる。

しかし、どことなく、思い当たる節がある表情だ。

「私のしたことも、わかっている様子でした」

「……」

「一体、どのようなお方なのでしょう」

太助は尋ねた。

「旗本だ」

「目付というわけでは」

「違う」

「井上さまとお親しいので?」

「一言で関係を話すのは難しい。だが、あの者はなかなかの剣の達人だ。粗暴で遊び人だが、情に厚いところがある」

井上は複雑な目つきで言う。

「先生のことを蹴落《けお》とそうなど」

太助は恐る恐るきいた。

「ない」

井上は一蹴する。

「しかし、一体何の為に訪ねて来られたのやら」

「お主が無駄なことをするからだろう」

「無駄なこと……」

「頼んでもおらぬのに」

「これには訳が」

「聞きたくない」

井上は、ぴしゃりと言い放つ。

それ以上、反論することはできなかった。

「失礼いたします」

太助は道場を後にした。

門口で、茂平次が待っていた。茂平次は気分よさそうに、「太助、そんな暗い顔をして、どうした」と声をかけてきた。

今は、茂平次が鬱陶《うっとう》しい。

「いえ」

短く答えると、

「俺に話してみろ」

と、強引に言わせようとする。

「何でもありません」

「お前さんの嘘はわかりやすい」

「……」

「すぐにわかるぞ」

茂平次が冗談めかして言う。

しかし、それすら太助の胸には、ずしりと重たくのしかかった。と、同時に、自分が責められているような気がしてならなかった。

(茂平次が頼んできたことだ)

それなのに……、この男は平然としている。

自分と茂平次の気持ちの差が、余計に自分だけ置き去りにされている焦りを感じさせた。

「九月二十五日について」

太助は思わず口にした。

「そのことか。ここだと、井上先生に聞こえるかもしれない」

茂平次は急に真面目《まじめ》な顔つきになった。

下谷広徳寺前の自宅に誘われた。

太助は付いて行った。

すでに、宵闇《よいやみ》が迫っていた。

五

同じ頃、与四郎は鳥越の新太郎の元へ行った。

「まだ帰ってきていませんが」

女房がやっている居酒屋で給仕もしている女中が言う。

「お二階で待っていてくださいませ」

そう言われ、そこで待っていると、四半刻もかからずに、新太郎がやって来た。

随分と疲れた顔をしていた。

「おう、与四郎か」

「押しかけてすみません」

「日比谷先生のことか」

「まあ、同じ流れで……」

「太助か」

「はい」

与四郎は頷く。

「どうしたんだ」

新太郎は膝《ひざ》を進めた。

「昨夜、勝小吉さまという方が、太助を訪ねて来られたようで」

「勝さまというと……」

「ご存知ですか」

与四郎は、つい身を乗り出す。

「ああ。旗本だ」

「旗本ですか。太助はどのような素性かわからないようなことを口にしていて」

「まあ、大雑把なお方だ。旗本と言われてもわかるまい」

新太郎は苦笑いして、

「で、どうして勝さまが？」

と、きき返した。

「よくわかりません。太助も、井上さまのことで来たようなことを仰っていましたが」

「たしかに、井上さまと同じ直心影流だ」

新太郎が呟く。

何か繋《つな》がりを見つけたのか、畳の一点を見つめていた。

「井上さまの件といい、勝さまが訪ねてきたことといい、あいつは何か隠していることがあるんです」

与四郎は決めつけていた。

父親代わりでもある。太助のことはわかっているつもりだ。

「勝さまが太助を訪ねてきた理由に、思い当たる節はございますか」

「井上さまのことだろうが、まさか『佐野槌屋《さのつちや》』のことではないだろう」

「『佐野槌屋』というと……」

吉原の大見世《おおみせ》だ。

遊里に足を踏み入れない与四郎であっても、その名は知っている。

「つい、この間のことだ」

吉原で火事があり、見世が全焼した。それで、浅草花川戸町にほど近い山之宿町《やまのしゆくまち》に仮見世を出したが、橋場《はしば》にある銭座《ぜにざ》の息子、熊何某《くまなにがし》という者と大げんかになった。

勝は熊を二階から下へ投げ飛ばしたが、その時、銭座の手代が数人来て、熊を連れて帰った。その後、三十人あまりが火消の用いる長鉤《ながかぎ》を持ってやってきた。

勝はその者らを相手に引けを取らずに、追い返したという。

「この件は手打ちで済んだから、後を引くことはなかったが」

ともかく、行ってみようと、新太郎はさっき脱いだ羽織を再び着た。

勝は本所入江町《ほんじよいりえちよう》の旗本、岡野孫一郎《おかのまごいちろう》のお屋敷に転がり込んでいるという。

与四郎も付いて行った。

岡野屋敷の客間は、地味ながらも、床の間には素朴な土色の備前焼《びぜんやき》に、赤い椿《つばき》が挿してあった。

当主は、岡野孫一郎融貞《とおさだ》。十代目に当たる。

初代は戦国時代に関東で一大勢力を誇っていた北条《ほうじょう》家の家臣、板部岡江雪斎《いたべおかこうせっさい》の二男、房次《ふさつぐ》である。

半刻してから、勝がやって来た。

あまり体は大きくなく、細身だが、腕や脚は隆々としている。見るからに素早く、力強そうな男であった。

「あんたが、名高い新太郎親分かい」

勝は入ってくるなり、よく通る声で言った。

「いかにも」

新太郎は頭を下げた。

与四郎も倣《なら》った。

「で、お前さんは？」

勝が与四郎にきく。

「深川佐賀町の『足柄屋』主人、与四郎にございます」

「ああ、太助の」

「はい」

与四郎は頷いた。

すかさず、

「その太助のことで」

と、新太郎が切り出す。

「それなら、太助に聞けばいい。違うか」

勝は鋭い目で、新太郎と与四郎を交互に見た。

「仰る通りにございますが」

新太郎は慎重に答えようとすると、

「まあ、事情は汲《く》めた」

と、勝が独りで、わかりきったように頷いた。

「なんのことで行ったのか聞きたいんだな」

「はい」

「大したことじゃねえ。まあ、確かめに行ったようなものだ」

「井上先生のことを助け出したのはあいつだっていうからな。面《つら》を眺めに行ったのさ」

「確かめに？」

「たった、それだけの為に？」

「まあ、一本勝負をしてもよかったが、夜だし迷惑になるだろう」

勝は言い放つ。

むしろ、何を気にしているのだとばかりに、睨みつけてくる。

だが、与四郎は何となく気が晴れない。

「本当に、それだけでしょうか」

与四郎は改まった口調できいた。

「何度も言わせるんじゃねえ」

勝は苛立《いらだ》ったように、煙管に莨《たばこ》を入れ、火を付けた。

太い煙が渦巻く。

ぱかぱか吸いながら、

「気を付けた方がいい。太助が関わっている連中にはよからぬ輩もいる」

と、厳しい声で言う。

「よからぬ輩と仰いますと？」

新太郎が口を挟んだ。

「わかっているだろう」

「いえ」

「いいや、わかっているはずだ」

勝は煙を吐きながら、じろりと新太郎の目を覗き込んでいた。

普段、動じない新太郎が、気まずいとばかりに顎《あご》を引いた。

勝は肩を入れるように、前のめりになり、

「それより、ひとつ教えてくれ」

と、言ってきた。

「なんでしょう」

新太郎がきき返す。

「熊坂の狙いは何だ。越前の失脚か」

堂々と、水野忠邦を呼び捨てにする。

「さあ、あっしにはわかりかねますが」

「熊坂は手柄を焦っているんじゃねえのか。だから、無理に日比谷、横瀬、そして、
井上先生を捕まえた。だが、横瀬と井上先生からは何の証も出てこない。ただ、井上

先生は九月二十五日のいきさつがわからないというだけ。日比谷に関しては無言を貫いているが、奴の仕業と言い切れるだけの証は見つけてこられねえ」

「恐れながら、あっしはこの件に関して何も携わっておりませんので」

新太郎は毅然《きぜん》と返した。

だが、勝は引き下がらなかった。

「お前さんは誰に仕えている」

「今泉さまでございます」

「今泉と、熊坂の間柄はどうなのだ」

「それも、岡っ引き如《ごと》きにはわからない話」

「そうやって白を切るのか」

勝は半ば挑発するように言う。

だが、新太郎はそれには答えない。

勝は続ける。

「俺が思うに、誰かがこの件を大きくしているだけだ。確かに、鉄砲三挺が道場で見つかったというのは大変なことだ。しかし、日比谷要蔵という男に、そのようなことをする理由がない」

「だとしたら、誰かが日比谷を陥れようってことだな」

勝は知ったような口ぶりで言う。

横目で新太郎を見ると、目を見開いていた。勝のことを見極めようとしているようにも思えた。

「どなたのことを仰っているのでしょう」

新太郎は咳払いをしてからきく。

「わかっているくせに」

勝は鬱陶しそうに言う。

「そういう勝さまも、心当たりがありそうですが」

「ああ」

だから、こうやって話しているのだ、と声を荒らげた。

「では、どなたのことを？」

新太郎がきいた。

「お主の考えからききたい」

「あっしが口にしていいような……」


「いかにも」

「構わん」

勝が促した。

「では」

新太郎はひと呼吸置き、

「本庄茂平次という方にございます」

と、静かに告げた。

「本庄茂平次？」

勝は首を傾げる。

「違いましたか」

新太郎は心配そうにきいた。

「うむ」

勝は「本庄茂平次」と口の中で繰り返していた。

「どなたを思っていたのでしょう」

新太郎はさらにきいた。

「本庄茂平次っていうのは、何者なんだ」

「ご存知ございませんか」

「初めて聞いた」

「医者です。井上先生の門下ではありますが」

「先生の門下だと？　近頃、入門した者か」

「はい。太助と、ほぼ同じくして」

「太助と？」

勝はきき返し、

「太助と、茂平次っていうのは、仲がいいのか」

と、再び鋭い目つきになった。

新太郎は答えず、与四郎に回した。

「同じ井上先生の門下ですので」

「まどろっこしい言い方するんじゃねえ。仲がいいのか、悪いのか」

「わかりません」

与四郎は咄嗟に答えた。

だが、ここでこう聞くということは、昨夜訪ねてきたときには、太助はそのことは話していないということだろう。

勝は考え込んでから、

「茂平次は医者だと言ったな」

と、きく。

「そうです、町医者です」

新太郎が頷いた。

「ずっと広徳寺前にいるのか」

「いえ、以前は長崎で地役人をしていたとか」

「長崎の地役人か」

勝の声は重たく、沈み込んだ。

「それで、勝さまは誰のことを指していたのですか」

新太郎は切り返した。

「井上先生の門下で、とり……」

そこまで言いかけて、

「いや、止《や》めておく」

と、言葉を投げだした。

「とり？」

新太郎が続きを促した。

だが、勝は答えない。

渋々、新太郎と与四郎は帰ることになった。

帰りの道中、

「どう思った？」

新太郎が唐突にきいた。

「勝さまのことですか」

「それと太助のことだ」

「勝さまは、茂平次さんではない人を警戒しているようでしたね」

「ああ」

「その人物が、太助に関わりがあるのでしょうか」

与四郎は、歩きながら新太郎の顔を見た。

月明かりが、新太郎の背後から照らしている。雲はない。だが、月の光は弱かった。

新太郎が考え込むので、急に不安になった。

「どうなのでしょう」

たまらず、与四郎はさらに言った。

「とり、何とかと言いかけていたな」

新太郎がぽつりと口にする。

「はい」

「誰の名であろう」

「井上先生を取り巻く人物で、勝さまが警戒なさっている方ですよね」

「おそらく」

新太郎は小さく頷く。

「とり、から始まる人物はいただろうか」

「そうですね」

与四郎は、新太郎と共に考えだした。

姓が「とり」から始まる者なのか、それとも名に「とり」が付くのか。

太助から聞いたことのある井上門下を思い出してみた。

だが、出てこない。

そうこうしているうちに、向両国《むこうりょうごく》まで来た。新太郎は両国橋《りょうごくばし》を渡り、与四郎は一ツ《ひと》目橋《めばし》と、それぞれ違う方角へ帰る。

「勝さまの仰っていたことは、俺が調べておこう」

新太郎はそう言い、その場で別れた。

第三章　覚悟

一

冷たい雨が、しとしとと降っている。

それでも、両国広小路は多くの者が行き交っている。ゆったりと歩く人々の傘が鬱《うっ》陶《とう》しく、千恵蔵は傘を掻《か》き分けたり、くぐりながら、両国橋に露店を出している下駄屋の前で止まった。

店主は千恵蔵を見ると、しまったというような顔で、

「親分、なんですか」

と、苦い顔をする。

この男は、かつて両国広小路で掏摸《すり》をやっていた男だ。何度も千恵蔵が捕まえたが、更生をして、まともな稼業をしている。今は下駄屋だが、夏には団扇《うちわ》を売っていたり、蕎麦屋《そばや》などをしてもいた。

常に商売がうまくいっていないが、昔のような悪事に再び走ることはないと、新太郎も認めている。

「お前さんに、聞きたいことがある」

千恵蔵は低い声で言った。

数日前も来ていた。

横瀬の証言から、日比谷の道場に来た侍を探していた。その途中、その侍らしき人物が、両国広小路の露店の下駄屋にいるところを見た者がいた。

だが、この男は毎日両国広小路に露店を出しているわけではなかった。一昨日、昨日と来たがいなかった。その間、他にもその侍を見た者を探していたが、他に有力なことはわからなかった。

「すぐに終わりますか」

「ああ」

「なんでしょう」

「先月のことだ」

「そんな前のこと、覚えちゃいませんよ」

「いや、お前さんと口論になった相手だ。さすがに、覚えているだろう」

「口論になったといや、あのお侍さんかい」

「三十過ぎで、背の高い男だ」

「ああ、それだったら覚えていますよ。その方が揉《も》め事を起こしたんですかい」

男は面倒臭そうながら、嬉《うれ》しそうに言った。

「そいつのことを教えてくれ」

「教えてくれっていわれても」

「まず、なんで揉めていたんだ」

「向こうが鼻緒を直して欲しいができるかって言ってきたんです。それで、すぐに直してやったら、金を払う段になって値切ってきたんです。あっしは、かなり安くやっていますからね。値切られたとしても、お断りしました」

「そしたら、その侍が怒って来たのか」

「はい。まあ、それだけなら黙って見過ごしますが、相手は『江戸っ子は了見が狭いっていうが、全くだ』とか何だとかほざきやがりましてね。こちとら、代々江戸っ子ですから、頭に来ましてね。商売そっちのけで、『田舎侍《いなかざむらい》が江戸で大きな顔をしてるんじゃねえ』と声を荒らげたんです。そしたら、相手の仲間らしい男が仲裁に入ることで収まったんですがね」

「どこの国の侍だったんだ」

「わかりませんが、西の方じゃないでしょうかね」

男は首を傾《かし》げる。

話しているうちに、その時のことが思い出されたのか、段々と鼻息が荒くなっていた。

「で、そいつの仲間っていうのは？」

「同じような年頃《としごろ》で、背丈や恰好《かっこう》も似ていました。ただ、止めに入った方がいくらか威厳があったような……。顔が好《い》い訳じゃありませんが、声といい、着ているものといい、なかなかに品がありましたな」

「他に気づいたことはなかったか」

「後から来た侍は、浅草三間町《さんげんちょう》の呉服屋『俵屋《たわらや》』の帯を締めていました」

「どうして、俵屋だってわかったんだ」

「あそこの手代《てだい》とは仲が好いもんでしてね。よくお邪魔するんです。そこで見た珍しい帯でしてね」

「珍しいというと？」

「黄色い亀甲《きっこう》柄の角帯でして」

さっそく、千恵蔵は『俵屋』へ行った。

大きな店構えで、広い間口だった。

店先で番頭らしい四十男に声をかけると、名乗るなり、「ああ、あの千恵蔵親分でございますか」と、名前に馴染《なじ》みがあるようであった。

端に寄り、千恵蔵はさっそく帯のことを切り出した。

「それでしたら、同じ町内の職人に作らせている、こちらでしょうか」

番頭は立ち上がり、たとう紙に入った帯を持ってきた。

中には、思っていたよりも鮮やかな黄色の角帯が入っていた。

「こちらですが」

「この帯はかなり売れているのか」

「ぼちぼちですね」

「頻度でいうと？」

「ふた月に一本ほど。このような派手なものですからね、人を選びますよ」

番頭は苦笑いする。

思ったようには売れないようで、もう少し色合いを抑えたものを作ろうとしていると言っていた。

「それなら、この帯を買った者を覚えているか」

「あまり昔のことだと自信がありませんが、この一、二年くらいであれば」

「なら、この半年くらいでこの帯を買った侍はいるか」

「ええ、おります」

「背の高い、三十くらいのひとか」

「そうです、かれこれ三月《みつき》くらい前ですかね。江戸に来た印に、何か珍しいものが欲しいと訪ねてこられた方でして」

「その侍の名前はわかるか」

「えーと、少々お待ちください。たしか坂《さか》さまと仰《おつしや》っていたような……」

番頭は独り言のように言いながら帳面を持ってきた。

「やはり、そうでした。坂半平太《はんぺいた》さまと書かれております」

「見せてもらえるか」

「はい」

千恵蔵が帳面を覗《のぞ》くと、曲がりくねった細い字で、その名前が書かれていた。隣に書かれた名前とは筆跡が違った。

「これは、本人が書いたのか」

「そうです」

「こんな字か……」

千恵蔵は何に使えるかわからないが、この筆跡を脳裏に焼き付けた。

「この男はひとりで来たのか」

「いえ、もうひとりおりました」

「どんな奴《やつ》だ」

「同じような年恰好のお侍さまでした」

「その者は、何か買っていったのか」

「むしろ坂さまの付き添いが嫌そうな顔をして、ずっと表で煙管《キセル》を吸っていました」

「名前はわからねえか」

「いいえ。そのおふたりを探しているので？」

「そうだ」

「何か事件に関《かか》わりがあるのですか」

「まだわからねえが」

「手がかりを探しているわけですね……」

番頭は思い出すように眉間《みけん》を摘みながら、

「そうだ」

と、その手を離し、目を見開いた。

「坂さまが選んでいる時に、長くなるようなら、先に品川へ行っていると仰っていました」

「品川か」

千恵蔵はそれを手がかりに、品川まで行った。

しかし、毎日多くの者が行き交う東海道《とうかいどう》で最初の宿場町である。聞き込みに及んでも、この日はふたりに関することはわからなかった。

翌日、さらにその次の日も、寺子屋が終わると品川に繰り出した。

坂半平太らは品川にずっと泊まっているわけではあるまい。

おそらく、遊びに行ったのだ。

そうなれば、相手をした芸者なり、飯盛り女は『俵屋』の帯を締めている侍のことを覚えているかもしれない。

そう思い、きき回った。

幕府で認められている飯盛り女の数は五百人である。

しかし、実際にはその二倍から三倍近くにまで膨れ上がっている。

全員にきくのは、数日で終わらない。

二日で、百人ほど聞いたが、まだ坂のことに覚えがある飯盛り女とは出会っていない。

五つも過ぎ、千恵蔵は品川を後にした。

遅いのと、もう商売を始めているので相手にしてもらえないからだ。

途中、田町《たまち》あたりで、

「親分」

と、横から声をかけられた。

振り向くと、本庄茂平次であった。

「おう、茂平次」

「ご無沙汰《ぶさた》しております」

「最近どうしてんだ」

「色々と」

茂平次が、にっこり笑う。

相変わらず愛嬌《あいきょう》のある顔をしているが、ふとした時の目つきが鋭かった。

「日比谷さまのことで、お前さんも探索に加わっているようだが」

「はい」

「もう岡《おか》っ引《ぴ》きみたいなもんだな」

「いえ、たまたま、益次郎親分に頼まれただけです」

茂平次は謙遜《けんそん》する。

「しかし、益次郎か……」

千恵蔵は思わずため息を漏らした。

「益次郎親分が何か？」

茂平次は千恵蔵の顔を覗き込んだ。

「奴とあまり関わりすぎない方がいい」

「どうしてでございます？」

「卑劣な奴だ。いや、嫌味でいう訳じゃねえ」

「あの親分がそんな人とは思えません。しかし、卑劣というのは……」

「今回の井上さまの件もそうだ。奴が陥れようと画策したに違いない」

「あれは、熊坂の旦那《だんな》が」

「あの旦那は欲深い方だが、すべては益次郎という筋書をつくる男がいてのこと」

「しかし」

茂平次が何か言い返そうとしていたが、

「あいつの筋書を信じ切ると、痛い目に遭《あ》う」

と、千恵蔵は言葉を被《かぶ》せた。

「そういう親分も、痛い目にあったので？」

茂平次がきいた。

「ああ」

千恵蔵は頷《うなず》く。

「井上さまの無実は、お主の尽力だろう」

「太助が」

「あいつの証言だけでは弱い。それを元に、お前さんが働いてくれたに違いねえ」

千恵蔵はじっと、茂平次の目を見た。

茂平次は口ごもった。

この男にしては珍しい。

「お前さんは優秀だ。熊坂と益次郎らと共に名声を落とすのは勿体《もったい》ねえ」

「それは、どういう意味で？」

茂平次は複雑な表情できいてくる。

「そのままの意味だ」

千恵蔵は答えた。

少し間があってから、

「親分は何をされているんです？」

と、茂平次がきいた。

「俺《おれ》は日比谷さまのことで調べている」

「もしや、親分は無実と思われているので？」

「ああ」

「あの道場から鉄砲が三挺《ちょう》も見つかっているじゃありませんか」

「それについては、疑いようもない」

「なら……」

「幕府に対する反逆については無実ということだ」

「しかし、そうでもない限り、鉄砲を三挺も隠し持っているとは」

「日比谷先生のものとも限らないだろう。誰《だれ》かが勝手に置いたか、鉄砲と知らずに預かっていたとか、考えようによっては色々な見方ができる」

「親分こそ、この件に関しては、日比谷さまの肩を持ちすぎなのではございませんか」

　茂平次が首を捻《ひね》った。

　それから、続けた。

「水野さまの押印がされています。日比谷さまがどうであろうと、水野さままで関わっているとなれば」

「だが、水野さまの押印は偽造されたものだと見ているのだろう」

「いえ、それは真意の程がわかりました。あれは間違いなく水野さまのもの」

「どうして、わかった」

「熊坂の旦那が仰っていたようです」

「熊坂か……」

「親分は、疑うのですか？」

「わからねえ。だが、ここまで拘束しても新たなことがわかっていないのであれば、違うことも考えないと、この件は解けねえぞ」

　そして、もし解けなければ、真実を捻《ね》じ曲げてでも解決に導こうとするに違いない。

　熊坂と益次郎であれば、十分に考えられることだ。

「もう一度言っておくが、あのふたりには気をつけることだ。お前さんのような者が勿体ねえ」

千恵蔵は告げた。

「はい」

茂平次は何に対する返事なのか、夜空を仰ぐようにして、深く頷いた。

「では、親分。私はこの辺りで」

茂平次は頭を下げてから去った。

二

三日連続で、雨が降った。

冬の江戸では珍しい。

ぬかるんで足元が悪い。表に出ている者も晴れの日ほど多くない。しかも、段々と寒くなっているので、年寄りは明らかに少ない。

新太郎は、同心今泉の見廻《みまわ》りの供をしていた。

その途中、

「旦那、実は日比谷さまのことで」

と、切り出した。

「そのことか」

今泉は用心していたように顔を向けた。

「どう考えても、私はあの方が幕府に歯向かうとは思えません」

「某《それがし》とて、同じだ」

「ならば」

「大ごとに繋《つな》がるかもしれないものを、同心如《ごと》きが口出しできるものではない」

諦《あきら》めろ、と言わんばかりの口ぶりであった。

「しかし、熊坂の旦那は」

「功を焦っている」

「え？」

「ふた月前のことだ。これは公になっていないが」

今泉は迷ってから、話し出した。

ふた月前、北町奉行の大草高好《おおくさたかよし》から刀剣の目利きを頼まれた。

熊坂の祖父は一代で財を成した仙台《せんだい》の豪商で、熊坂家の旗本株を買い、実子に熊坂家を継がせた。莫大《ばくだい》な財産があり、刀剣を集めるのが趣味であったため、熊坂権六も子どもの頃から多くの刀剣を見てきた。それ故に、刀剣の目利きを頼まれることが多かった。

大草が熊坂の元に持ってきたのは、知り合いから譲り受けたという古い刀であった。大草はその刀を丁寧に磨くと、『美濃蝮《みのまむし》』という銘が見受けられた。『美濃蝮』は戦国時代に斎藤道三《さいとうどうさん》に仕えた刀鍛冶《かたなかじ》が、道三亡き後に作ったとされる名刀で、一時期は織田《おだ》家に納められていたが、安土城《あづちじょう》が燃えたときに紛失したとされていた。

大草はその名刀なのか、と胸を弾ませて熊坂を屋敷に呼び、鑑定を頼んだ。熊坂はじっくり鑑定がしたいからと、一度持ち帰った。

翌朝、熊坂がやってきて、

「これは間違いなく、『美濃蝮』にございます」

と、告げた。

大草は大層喜び、自宅に刀剣好きの旗本連中を呼んだ。そこで、ある人物が、「これはよくできた贋作《がんさく》でござろう」と言い出した。

むろん、妬《ねた》みや僻《ひが》みで本物を贋作と言う者はいる。

しかし、念には念を入れて、他の人物にも『美濃蝮』を鑑定してもらった。すると、そこでもよくできた贋作と言われた。

恥をかいたが、鑑定を誤ることに腹を立てるほど、大草は器の小さな男ではない。

「過ちは誰にでもある」

大草は熊坂にそう言った。

だが、その後の大草の態度がどことなくよそよそしいという。

熊坂は気になって調べたところ、どうやら、ある噂《うわさ》が流れているらしい。

「大草が持っていた『美濃蝮』は本物であったが、鑑定を依頼された時に熊坂が贋作とすり替えたのだ」

というものだった。

熊坂は否定しているそうだが、

「あの熊坂殿であれば、そう疑われてもおかしくない」

と、今泉は言う。

「旦那はどうお思いで？」

新太郎はきいた。

「熊坂殿は祖父の築いた財産があるので、金には困っておらぬ。もし欲しいのであれば、わざわざすり替えることなどせず、買い取ろうと試みるはず」

今泉は答えた。

たしかに、その方がしっくり来る。

いくら強欲な熊坂でも、金に困っているわけではない。

「だが、世間はそう見ておらぬ」

今泉は珍しく熊坂に同情しているかのように思えたが、

「功を焦る者に、まともな仕事はできまい。今回の件、もしかしたら熊坂が身を滅ぼすきっかけとなるやもしれぬ」

と、毒々しい声で言った。

「身を滅ぼすとは？」

「何かしでかす。捏造《ねつぞう》することだってあり得る」

「それなら、なおさらのこと、日比谷さまの身が危ないのでは」

「下手に動けばこちらの身も危険に晒《さら》されることも考えられる。慎重に調べているはずだ。さすがに、即刻日比谷さまに処分が言い渡されるということもあるまい」

今泉は言い切った。

そうではない、と言いたかった。

拷問《ごうもん》をされるかもしれない。いや、横瀬は熊坂に殴られたり、蹴《け》られたりした。日比谷はもっと酷《ひど》い目に遭っているかもしれない。

新太郎は訴える目つきで、今泉を見た。

今泉は目を合わせ、

「仕方ない」

と、ぽつりと言った。

「仕方ありませんか」

新太郎は納得できない。

「もっと、確実に日比谷さまの仕業ではないとわかった時に、動こうぞ」

その気はあるとばかりに、今泉は強い目力で答えた。


昼過ぎになり、見廻りを終えると、本所入江町の岡野屋敷まで行った。

勝小吉はちょうど帰って来たところであったが、すぐに出かけるという。庭先で、少しだけならと言われた。

「先日、勝さまが言われたことを探っているのですが」

「なんだった？」

勝は拍子抜けした声を出す。

惚《とぼ》けているのか、本当に忘れているのかわからない。

「井上さまのことで」

「それが、なんだ」

「勝さまは、注意しなければならぬ者がいると仰っていました。『門下で、とり……』とまで仰られて、その続きが知りたい次第で」

新太郎は身を乗り出すように言った。

「ああ、そのことか」

「誰の事を指していたのですか」

「お前さんが気にすることたあねえ」

勝は鳶の親方か、火消のような威勢の好さで渋い顔を作った。

それ以上、話すことはないとばかりに、勝は再び出かけて行った。後ろから、家来が勝を追いかけている姿を見た。

(この男は、まともなのか)

新太郎は今までに見たことのないような旗本の姿に、勝小吉という人物がますますわからなくなった。

勝は何の役職にも就いていないが、顔役ではあるらしく、争いごとや揉めごとに顔を突っ込んで収めている。

謝礼金目的だと言う者もいれば、あんなぶっきら棒な男だが義理や人情には厚いと称《たた》える者もいる。

どちらが本当の姿なのかは、全くもって摑《つか》めなかった。

だが、「門下で『とり』」と言ったのは口からのでまかせには感じられない。その後に続く言葉があるはずだ。

それから、新太郎は太助を訪ねに『足柄屋』へ行った。

太助は出かけているというので、待つことにした。

取り次いだ小里は、

「太助は何か悩みを抱えているかもしれません」

と、口にした。

「どうしたんだ」

「食欲がないんです。季節の変わり目で、あまり腹が減らないと言うのですが、それでも一日中商売をしてきていますし、そんなことあるはずないのですが」

「表情も暗いのか」

「いえ。ただ、無理に作っているような感じはしますが」

そうこう話している時に、太助が帰って来た。

太助は新太郎を見るなり、

「親分」

と、目を見開いた。

どこか怯《おび》えるような目つきにも見えた。

「太助、ちょっといいか」

「なんでしょう」

「お前さんは、勝小吉っていう御旗本をご存知かい」

「勝小吉？　名前は聞いたことがあるような……」

太助はそう言いながら、首を中途半端に捻った。

「まあいい。それより、聞きたいことというのは、井上さまの道場で姓に『とり』が付く方はどのくらいいる？」

新太郎はきいた。

その質問は何なのか、と問いたい様子で、太助は顔を向けてきた。

「日比谷さまのことで、少しでも協力できたらいいと思っている」

「そうですか」

太助は腕を組んで考えだした。

少ししてから、

「ふたりおります」

と、言った。

「鳥谷真蔵《とりたにしんぞう》さまと、西越寿三郎《とりごえじゅさぶろう》さまです」

太助は答えた。

鳥谷は水戸《みと》藩、西越は高遠《たかとお》藩、共に勤番で、藩ではそれなりに高い位の者だという。

「勤番か」

そのふたりが、日比谷の件で動くことはないと感じた。

念には念を入れて、

「そのおふたりは、井上さまとの間柄はどうなのだ」

と、きいた。

「おふたりとも、真面目《まじめ》にお稽古《けいこ》に来られています。あまりお話しする機会はございませんが、妙なことを感じたことは一度もございません」

太助は言い切った。

井上が捕らわれた後でも、無実を信じていたそうだ。

そういう人物はかえって怪しい、と普通は思うが、太助は怪しくないと言い張った。

「そうか」

新太郎は頷き、

「名に『とり』が付くお方は？」

と、きいた。

「そうですね。名ですと……」

少し考えてから、

「清里酉九郎《きよさととりくろう》さま」

と、太助は口にした。

徒目付《かちめつけ》だそうだ。

「清里さまはどのようなお方だ」

「とにかく、強いお方でございます。もうじき、免許皆伝となられると思いますが、井上先生が他流試合をなされる時に、先鋒《せんぽう》を務められるお方です」

歳《とし》は三十で、背はそれほど高くなく、体も華奢《きゃしゃ》だという。

それなのに、剣術となると、繰り出す攻撃が重く、その上素早い。

「人柄もよいですが、遊び人ともいわれます。人によって、評価の分かれるお方です」

好意を持っている者からは、気さくで話しやすく、徒目付という役職にしては威張ることもないという。

一方、清里を嫌う人物からは、とにかく馴《な》れ馴《な》れしく、信用できない、すべての言動が諸将の動向を探ろうとしていると不審がられているそうだ。

新太郎はそれから、清里を訪ねた。

八つ（午後二時）を過ぎていた。

取り次いでくれた家来が、「もしかして、例のことで？」と、新太郎が訪ねてきた理由を深読みしていた。

「例のことと仰いますと……」

「いや、何でもござらぬ。ともかく、ここで待っておられよ」

家来は下がり、ひょろりとした男が出てきた。

目は小さいが、鼻筋が通っていて、化粧を施したら芝居の女形が似合いそうな容姿であった。

「どこの岡っ引きだい」

「今泉の旦那にございます」

「ああ、奴か。なら、いいか」

清里は冗談めかす。

新太郎は愛想笑いなどせず、

「清里さまは車坂の井上伝兵衛さまの門下だとお聞きしておりますが」

と、切り出した。

「いかにも」

「井上先生がお捕まりになったことは」

「濡《ぬ》れ衣《ぎぬ》だろう。まさか、井上先生が鉄砲の手形を偽造するはずがない。先生は忠義なお方だ」

清里の白い肌に、赤い唇が不機嫌そうに下がった。

「私も井上さまに非があると思っているわけではございません」

「ということは、なにか。あの日比谷先生の疑いも晴らしたくて動いているのか」

「はい」

「うむ、熊坂殿が関わっていて、お前さんは今泉の下だからな。そりゃあ、そうなるわな」

清里は独りごとのように言い、小さく笑った。

「それより、俺が何か知っていると思って来たのか」

「いえ」

「では、俺を疑って？」

「違います」

「なら、なんだ」

清里が興味深そうに、眉間に皺《しわ》を寄せながら、前のめりになる。

「勝小吉さまをご存知でしょうか」

「勝なら、まあよく知っている」

清里は意味ありげに笑った。

「勝さまも、井上さまの件で独自に動かれているようで、井上さまの門下で怪しむべき者がいると仰るんです。その名が『とり』と言いかけて言葉を止めたんです」

「なるほど。それで、俺を」

清里は納得したように頷き、再び大きく笑った。

「で、お前さんの見立ては？」

「わかりません」

「わからない？　俺が勝に疑われるようなことをしたかもしれないってことか」

「そもそも、私は勝さまのことをよく存じませぬので」

新太郎は真面目な顔で返した。

「長年付き添っている俺だって、勝のことはよく読めぬわ」

清里は弾んだ声で返す。目はぎらぎらと、新太郎の調べていることに興味を向けているようであった。

「中に入ってくれ。ゆっくりと話したい」

清里は突然言った。

「いえ、しかし」

「勝のことだ。気になる」

清里は新太郎の腕を摑んだ。振り払おうと思えばできたが、新太郎はそうしなかった。半ば無理やり、屋敷の中へ引きずり込まれた。

三

短い廊下の突き当りにある部屋に通された。

六畳ほどであるが、床の間には掛物《かけもの》の代わりに、反物の切れ端が垂れ下がり、その下には奇抜な形の、背の高い一輪挿しが置かれていた。

それが相まって、なかなかに趣があった。

互いに向かい合って座ると、

「さて、勝はどういう理由でお前さんを訪ねたんだ」

と、清里は改まってきいた。

新太郎がすぐに答えないと、徒目付という役職柄なのか、誰かの調べていることがやけに気になるという。

そう話している間に、女中が茶と菓子を持ってきた。

「こう見えても、酒は呑《の》めぬゆえ用意しておらぬ。許せよ」

「滅相もないことでございます」

「この菓子は、高輪《たかなわ》の有名な店のものだそうだ」

清里は菓子を勧めた。

と、同時に、新太郎から聞き尽くそうという気概が感じられた。

「まず、清里さまは日比谷先生のことは？」

「その名は存じておるが、手合わせしたことはない。だが、人柄といい、剣術といい、なかなか評判の好いお方だそうな」

「いかにも」

「井上先生も、日比谷先生のことは褒めておられた。だから、その方が幕府に反旗を翻すことは断じてあるまい」

清里の口調は力強い。

自身よりも、井上の目を信じているように感じられる。

現に、井上も日比谷も、どちらも「先生」と付けて呼ぶが、「井上先生」と呼ぶときの方が崇《あが》めるように声を張る。

「私は日比谷さまと親しくしておりますので、そのお人柄は十分にわかっております。それに、今回の件は清里さまもお考えのように、裏で様々なことが渦巻いています」

「お主が出しゃばることを、今泉は止めなかったか」

「止めました」

「それなのに？」

「……」

新太郎は答えなかった。

咄嗟《とっさ》に、言葉が出てこなかった。

すると、清里は可笑《おか》しそうに笑った。

「お前さんが、勝を焚《た》きつけたな」

清里はにこりとした口元に、言葉を弾ませた。

「いいえ」

「いや、お前さんと話して、勝は井上先生の疑いを晴らさないとならないと感じたに違いあるまい。井上先生は解き放たれたとしても、まだ疑いは晴れていない。俺が稽古に行ったときにも、益次郎のとこの若い手下が遠くから道場を見張っていた」

「井上さまは、それをご存知で？」

「ああ、俺が伝えたら、知っていると」

「肩身が狭いことでしょう」

「ああ。そういや、井上先生が放たれた日に、勝が車坂にやって来たな。滅多にないことなのにな」

清里の話では、最後に道場に来たのが文政《ぶんせい》五年（一八二二年）のことであるから、今から十五年以上前のことである。

勝は不行跡で、実父より何度も謹慎を申し渡されている。

その度に、家出をしていたそうだ。

文政五年は、勝小吉が二十一歳。

もう実家に帰るつもりなどなく、自身にある剣術の才能だけで、生きていこうと決めたらしい。

だが、勢いのあまりに家出をしたものだから、道具がない。そこで、勝は井上の道場へ赴き、剣術道具一式を借りた。

結局、家出もすぐに終わり帰ってくることになるが、

「その時の恩を未《いま》だに感じている」

と、清里は知ったように言う。

「だから、勝は井上先生の役に立つために、どうしても疑いを晴らそうと奔走する。その上、根っからの負けず嫌いがあるから、お前さんが先に真相を摑もうものなら、悔しくてたまらないのだろう」

「そのようには見えませんでしたが」

「あいつは、天邪鬼《あまのじゃく》だからな」

清里は苦笑いする。

こちらは一通り話したから、次はお前の番だとばかりに、清里は膝を打った。

目をまじまじと見る。

澄んだ目に吸い込まれるように、

「この件は、本庄茂平次さんが絡んでいるかもしれません」

とも告げた。

「誰だ。そいつは」

「町医者でして」

新太郎は勝にも話したように告げた。

「元は長崎の地役人だとか」

「あの男か」

清里は苦い顔をする。

「ご存知で？」

「うむ、少し話したことがあるが、あまり好きになれぬ。ともかく、出世ばかりに目が眩《くら》んでいる男だ」

清里はそう言って、昨年の閏《うるう》七月に先代の岡野孫一郎融政が亡くなったときのことを話した。

跡取りである融貞には妻がなく、また岡野というとどこの家でも娘を出そうという気にならなかった。

それというのも、融貞の不行跡が原因である。吉原で揚げ代を溜《た》めて、払いきれなかったこともある。その時には、勝が金を拵えて肩代わりしたらしい。

「おそらく、奴は本所の地廻《じまわ》りからの付け届けがあるからな」

清里は言った。

その揚げ代以外にも、身の上が段々と悪くなっている岡野を見捨てずに、借金を肩代わりしてやっているという。

身の上が悪くなっている原因のひとつには、岡野が茂平次から借りている金のせいもあった。茂平次は金貸しではないので利子は取らないが、誰か跡取りのない武家の養子になりたいから紹介してくれだの、ある時には鳥居耀蔵を紹介してくれといったことも言っていたそうだ」

「鳥居耀蔵？」

新太郎はきき返した。

奇《く》しくも、『とり』と付いている。

「そうか、鳥居がおったな」

清里は苦い顔をする。

「どのようなお方なのですか」

「ああ、目付だ。着々と出世をしておる」

一昨年、西丸目付から異動したらしい。

実父は大学頭《だいがくのかみ》を務めた江戸幕府儒者の林述斎《はやしじゅつさい》。父方の祖父は松平乗薀《まつだいらのりもり》で、美濃岩村《みのいわむら》藩の三代目藩主である。その父は享保《きょうほう》の改革を進めた老中松平乗邑《のりさと》でもある。

「その鳥居さまが、井上さまとどのような間柄なのでしょう」

「いや、鳥居さまの家来で、岸本という男がおる」

岸本幸輔というのがその名だというが、目付の鳥居の右腕のような男だそうだ。

「ちなみに、岸本さまと勝さまの面識は？」

「ある」

その手足として働いているのなら、勝が怪しむことも十分に考えられる。

「なるほど。そう言おうとしていたということも考えられますな」

新太郎は決め込んだ。

「岸本さまとは、ご面識はおありで？」

「うむ。何度か試合もしたことはあるが……」

清里は苦笑いした。

「いや、なかなか勝負にこだわる男でな。元々、剣術に精進していたが、鳥居さまが目付になられてからは稽古に来ることも少なくなった。もっとも、鳥居さまの名代として方々に顔を出しているようだから、なかなか忙しいのかもしれぬが」

清里はそう言ってから、

「鳥居耀蔵やもしれぬな」

と、決め込んだ。

その日の夜、新太郎は横瀬の元を訪ねた。しかし、横瀬は留守であった。近所の者によると、朝早くに出かけたきりだという。普段、こんなに遅く帰ってくることはないし、足も不自由なので、どこかで怪我《けが》をして帰れないのではないかと心配しているようであった。

続いて『足柄屋』へ行くと、太助も同じことを言っていた。

与四郎、太助、そして小里は、ちょうど横瀬のことを話しているところだったらしい。

「親分、探した方がいいのではありませんか」

太助がそう言うと、

「私もそう思います。これまでの経緯《いきさつ》を聞いていますと、横瀬さまは一度狙《ねら》われていますし、相手は横瀬さまの住まいも知っているのかもしれません」

小里が深刻な表情で言った。

「与四郎、お前さんの見立ては？」

新太郎はきいた。

「私はおおむね、このふたりの言う通りだと思います。しかし、この件は千恵蔵親分も独自に動いてくださっているとのことです」

「その千恵蔵親分の姿もないいんです」

太助が言った。

「ないっていうと？」

新太郎は、どきりとした。

「いえ、先ほど家にいなかったというだけで。ここのところ、品川宿に顔を出しているそうです」

「品川か」

新太郎は口の中で小さく繰り返してから、頭の中では、鳥居耀蔵や岸本幸輔と品川宿の関係はなにかあるのか考えていた。

翌日、新太郎は今泉の見廻りに同行することはなく、また、他に大きな事件を抱えていなかったことから、日比谷の件で動いていた。

まず、下谷広徳寺前にある本庄茂平次の住まいを訪ねた。広徳寺は大田南畝《おおたなんぽ》に、「恐れ入谷《いりや》の鬼子母神《きしもじん》、びっくり下谷の広徳寺」と詠《よ》まれたほどの名刹《めいさつ》である。

その広徳寺の目の前で、茂平次は医者の看板を掲げている。

近所の者たちで、茂平次のところへ通う人は多くない。「あの人の医者としての腕はいまいちだよ。どうやって生計を立てているのやら……」と茂平次の住む長屋の大家も不思議がっている。

「近頃は、朝から晩までずっと出かけているよ。親分、何か伝えておこうか」

大家が気を遣ってくれた。

「いや、また来る」

新太郎はその足で今戸神社の裏手にある千恵蔵の家へ向かおうとしていた。

ちょうど、茂平次の家を出たところで、横瀬のところへ様子を見に行かせていた手下の栄太郎がやって来た。

少し離れたところから、首を横に振っていた。

「どうしちまったんでしょう」

栄太郎は肩で息をしながら、首を傾げた。

「手がかりは何もないか」

「ひとつだけ」

「なんだ」

「魚屋の話では、芝の金杉橋《かなすぎばし》あたりで、横瀬さまの姿が見られています。しかも、浪人風の男三人と一緒で」

「とすると……」

もしや、日比谷の道場を訪ねてきた近江侍たちではないか、と思った。

千恵蔵は品川を探っている。

この侍たちのことも知っているであろうか。

「親分どうしましょう」

栄太郎がきいてきた。

「とにかく、金杉橋だ」

ふたりは向かった。

金杉橋の袂《たもと》には梅檀《せんだん》と呼ばれる高木が、陽射《ひざ》しを浴びて、黄金に輝いている。

東側には海が見える。波がキラキラと輝いていた。

新太郎は栄太郎や途中から合流した他の手下と手分けして、横瀬と一緒にいた三人の侍たちのことをきいて回った。

半刻《はんとき》ほどすると、そのときの四人を見かけたという大店《おおだな》の小僧に出会《でくわ》した。

「おそらく、親分が言っている方々だと思います。何やら恐ろしい顔で、並びながら話していました。五十そこそこのお侍さまは足を引きずっておられましたが、『下手なことをすれば、お前らを一刀のもとに成敗できる』とか仰っていまして」

「たしかに言っていたのか」

「はい、どきりとして振り返ったのを覚えています」

「金杉橋を品川方面に向けて行ったのか」

「そうです」

小僧は頷いた。

それからさらに一刻あまり品川方面に向けてききまわった。

何人かの証言を繋《つな》ぎ合わせると、高輪大木戸までは確かに行っているようだ。

しかし、その先へ行ったかどうかはわからない。

高輪大木戸の木戸番や、見張りをしている岡っ引きの話では、四人が通ったという記憶がない。

「親分、このあたりの武家屋敷や寺々に行ったのでしょうか。近江侍というからには、近江と関係がありそうな場所を探ってみても」

「それは途方もない」

「では」

「ともかく、千恵蔵親分に話を聞いてみれば、何かわかるかもしれない」

念の為に、品川まで探索の手を広げて、横瀬の行方を探ってみた。

しかし、品川宿でそれらしき姿を見かけたという者は皆無であった。

夜になり、今戸へ行くと、千恵蔵の姿はあった。

「ついさっき帰ってきたところだ」

千恵蔵はそう言ってから、

「もしかして、昼間も来たか」

と、きいてきた。

「ええ」

「日比谷さまの件か」

「はい」

「俺を諫めに来たのか」

 千恵蔵の声はいつになく厳めしかった。

 だが、新太郎は横瀬がいなくなったことで、千恵蔵なら何か知っているのではないかと思っていることを告げると、千恵蔵は急に悔いるような表情になった。

「すまねえ」

口の中で小さくそう言ってから、

「横瀬さまがいないってどういうことだ」

「親分もご存知じゃありませんでしたか」

「つい一昨日会ったばかりだ」

「昨日の朝いなくなってから家に帰ってきていません。夕方に、高輪大木戸の手前で見かけられているのを最後に、その後の消息はわかっていません。横瀬さまは侍三人と一緒だったようです」

「とすると」

千恵蔵はすぐに感づいたようで、

「坂らか」

と、小さく呟《つぶや》いた。

「坂？」

新太郎がきき返す。

「坂半平太、三人のうちのひとりだ」

千恵蔵はそう言って、今まで調べていた経緯を教えてくれた。

坂半平太というのは、彼が身に着けていた帯から判明したことだ。そして、横瀬や旗本の勝小吉もこの三人の行方を一緒に追っているという。

「では、横瀬さまも坂のことは知っていたわけですね」

「ああ」

千恵蔵は神妙に頷く。

「勝さまは、やはり井上さまのことで」

「そうだ。それに、あの御方は太助のことをやたら疑っている」

「といいますと、九月二十五日、太助が井上さまの墓参りに付き添ったということで？」

「そうだ」

千恵蔵は頷くと、

「やはり、あいつは嘘《うそ》をついている。井上さまを助けるためだろうが」

と、ため息交じりに言った。

「しかし、いくら太助を問い詰めたところで、あいつは正直に話しただけだと答えますよ」

「ああ、わかってる」

「それをそそのかしたのは、おそらく本庄茂平次……」

新太郎が口にすると、千恵蔵の顔が強張《こわば》った。

「茂平次は、そそのかすとかそんな奴じゃねえ。仮に茂平次の考えだったとしても、太助を出汁に使ったということは決してない」

千恵蔵は力強く言った。

新太郎はそれ以上、このことに関して言えなかった。

気まずい空気が流れる。

千恵蔵もそう察したのか、「お前の見立ては大概正しいが、このことは見当違いだ」と付け加えた。

「……」

新太郎は何も答えなかった。

「ともかく、俺は引き続き坂らを探し続ける。お前は、横瀬さまの行方を追ってくれねえか」

「わかりました。横瀬さまがご無事ならいいのですが」

新太郎はそう答えて、今戸を後にした。

帰り道、新太郎は栄太郎ら手下に、横瀬の探索について、高輪の隅々に至るまで話をきくよう告げた。

「ですが、人が足りません」

栄太郎が言う。

「かといって、横瀬さまがまだ何かに巻き込まれたとも言い切れねえ。それに、横瀬さまはまだ日比谷さまの件で疑われている」

「なら、『足柄屋』の旦那や太助に頼るのは？」

「迷惑がかかるだろう」

「あの旦那なら、こちらが何も言わなくても、横瀬さまの行方がわからないと知れば自ら動くに決まっています。旦那が動かなかったとしても、あそこのお内儀《かみ》さんはそうするべきだと仰るはずです」

「しかし、小里は体調がよくなってきているとはいえ」

「お内儀さんが動けなくても、太助がいます。蜜三郎さんもいます」

栄太郎はぐいぐいと言い寄った。

他の手下も、

「兄貴の仰る通りですぜ。足柄屋さんに協力を仰ぎましょう」

と、言い出す。

「あと数日探索して、それでも行方がわからなかったときにはそうしよう」

新太郎は手下に言いつけた。

月が半分、雲に隠れた。

道端の落ち葉を吹き散らすような突風が正面から吹きつけた。顔や手足が痛いほど冷たかった。だが、腹のうちでは、横瀬を見つけ、日比谷の疑いを晴らすという想《おも》いをたぎらせていた。

四

夜の吉原は賑《にぎ》やかだった。

新太郎は、清里と共に大門をくぐった。

遊びに来たわけではない。

新太郎にとって、久しぶりの吉原である。以前も、遊びに来たわけではない。ある殺しの下手人が吉原で若い衆として働いているとの報せが入った。それを確かめに来て、その場で捕まえた。

昨年のことであった。

一方、清里はまるで自身の庭の如く、すいすいと進んでいく。仲之町《なかのちょう》を奥まで進んだところにある古びた二階屋で止まった。紺色の水引暖簾《みずひきのれん》には、『お亀《かめ》ずし』と書かれている。

中に入ると、女中が出てきた。

「勝は来ているか」

清里は出し抜けにきいた。

「はい」

「いつもの部屋か」

「そうです」

清里はそれを聞くと、二階へ上がった。

この男は足音を立てなかった。新太郎も倣って、つま先で歩いた。

二階に上がった左手の部屋の前で止まる。

清里が襖に手をかけるなり、

「誰だ」

と、中から声がかかった。

「俺だ」

清里はそれだけ言い、襖をすっと開けた。

逆手で、刀を摑んだ勝が身構えている。

清里の顔を見るなり、その構えを解いた。

「どうした」

勝はぶっきら棒に言う。

寿司は食べ終わったのか、脇《わき》に退《の》けられた皿には何も載っていなかった。勝の目の前には、三合徳利《どっくり》と大茶碗《おおぢゃわん》がある。

大茶碗には酒が入っている。

ぐびと呑んだ。

それから、清里に再び顔を戻す。

「喧嘩《けんか》しに来たのか」

勝は凄《すさ》まじい権幕で、腕を捲《まく》った。

「話がある」

「話？」

勝は静かに立ち上がった。

徳利を跨《また》ぎ、清里に近寄る。

次の瞬間、勝はいきなり清里の胸ぐらを摑んだ。

「あっ」

新太郎が止めに入ろうとした。

だが、すぐに勝の頰が急に綻《ほころ》んだ。同時に、笑い声を立てた。

「冗談だ」

勝が手を放した。

ふたりに座れと促すように、再び先ほど座っていたところに戻った。

清里が腰を下ろし、新太郎も続いた。

「毎度、面倒な奴だな」

清里はあきれ顔で、ため息をつく。勝は洟《はな》を啜《すす》りながら、「で、何の用だ」と、きいてきた。

「お前が調べていることよ」

「俺が？　何を？」

「しらばっくれるんじゃねえ。新太郎を見りゃ、わかるだろう」

清里が言い放った。

このふたり、見かけはまるきり違うが、旗本らしからぬ言動が似た者同士のように感じさせる。

「……」

勝は仏頂面で、小さく頷く。

「で、何かわかったのか」

「……」

「井上先生のことで、何かわかったのか」

「無実だ」

「証《あかし》が出てきたのかって聞いているんだ」

清里の口調が荒くなった。

「さあな」

勝は酒を注《つ》ぎ、一気に呑んだ。

「その様子じゃ、まだのようだな」

「わかったことはある」

「なんだ」

「どうして、お前に言わなきゃならねえ」

勝が鼻で嗤《わら》う。

「俺も井上先生の弟子だ」

「ただ黙って見ていただろう」

「何も為《な》す術《すべ》がなかったからだ」

清里は答える。

「勝手に言ってろ」

すぐさま、勝は舌打ち混じりに言う。

「だが、このままでは井上先生の立場が辛《つら》くなるだけだ」

清里は言い切り、

「そうだな」

と、新太郎を見た。

「ええ、熊坂の旦那、益次郎親分は相変わらずこの件を調べています。そして、もう勝さまが仰っていた怪しい人物がわかりました」

新太郎は答える。

「……」

「鳥居耀蔵さまのご家臣、岸本幸輔さまですね」

「……」

勝は答えない。

清里は、

「熊坂殿は刀剣の鑑定のことで、大草さまとは不仲になっている。あの熊坂殿のことだ、大草さまの元では出世を見込めないと考え、それならばとこの機に乗じて、陥れようと考えている。お主はそう考えたんだな」

と、決めつけた。

勝は大きくため息をつき、再び酒を呑んだ。

もう徳利が空になったようで、女中を呼んで、酒を持って来るように指示した。

「何か食うか」

勝はふたりにきいた。

「いえ」

新太郎は断った。清里も要らないと言った。女中が去ってから、「ここの寿司は魚が臭《く》せえ。よくここに来てるもんだ」と、清里は不満を口にした。

「喰《く》えりゃあ、なんだっていいんだ。ここは酒だけ呑んでいても邪険にされねえし、そのうえ安い」

勝はそれが一番だとばかりに言った。

そんな話をしているうちに、すぐにさっきの女中が新しい酒を持ってきた。新たに猪口《ちょこ》をふたつ付けた。

女中が猪口を清里、そして新太郎の脇に置いた。

その最中に、

「それに、気心知れている」

と、勝は聞こえるように言った。女中はにこりと微笑《ほほえ》んで、出て行った。

「呑むか」

勝は酒を注ごうとした。

清里は猪口に、手で蓋《ふた》をする。

それから、

「お前は、新太郎に先を越されるのは我慢ならねえんだろう」

と、清里が言う。

明らかに不満そうな顔で、勝は清里を睨んだ。

「新太郎は自分の手柄にしようなぞ、さらさら考えてもいねえ」

清里は言い放った。

一瞬、勝の片眉が上がった。

「ただ井上さまや日比谷さまの疑いを晴らすことができましたならば」

新太郎は告げる。

勝は徳利を取った。

今まで呑んでいた猪口に注いで、

「呑め」

と、新太郎に渡した。

相変わらずの仏頂面である。しかし、心なしか語気が優しかった。

「頂戴《ちょうだい》します」

新太郎はぐびと呑んだ。

「もう一杯」

さらに呑まされた。そして、それも平らげると、またさらに勧めた。

「おい」

清里が諫めるのも聞く耳を持たず、呑めば呑むだけ、さらに杯《さかずき》を勧める。

酔い潰《つぶ》そうというつもりなのか。

そう考えたが、勝は難しい計算をしているかのように思慮深げに黒目が動いていた。

「勝、お前は岸本幸輔について何を言おうとしていたんだ」

「……」

勝は黙っている。

「岸本は、鳥居さまの家来だ。鳥居さまはよからぬ噂があるお方。この鉄砲は鳥居さまのものなのか」

清里が決めつけるようにきいた。

「その逆だ」

勝は咄嗟に返す。

「逆？」

「日比谷殿は尚歯会《しょうしかい》の連中とも親しい。それで、鳥居に睨まれたんだ。鳥居さまは老中水野のお気に入りだから、意見が通るのだろう」

勝はどことなく恨むような言い方をした。

「では、岸本さまはそこにどう関わってくるのです？」

新太郎はきいた。

「うむ、岸本が日比谷殿や井上先生がよからぬことを企んでいるとでっち上げる裏工作をしていたに違いない。もちろん、鳥居の指示でだ」

「なにか証があるのですか」

「そうに決まっている」

「勝さまがそうお考えになっているだけですね」

新太郎は真っすぐな目できいた。

勝は舌打ちをしたが、

「こいつ。なかなか言いよるわいな」

と、にたっと笑った。

「ああ、そうだ。だが、そうでも決めつけんと説明がつかん。俺もただ当てずっぽうに言っているわけじゃねえ。その裏付けをしようと動いているところだ」

勝が真剣な目つきで返す。

「鉄砲の件は、坂半平太ら近江侍の仕業で、鳥居さまや越前さまはそれを利用して蘭《らん》学《がく》を潰そうとしている。なら、熊坂は岸本に吹き込まれているのだろうな」

清里が決め込む。

「そうに違いない。岸本め、井上先生に世話になっておきながら」

勝は力を込めて言った。

「お前のことだ。俺が引き留めても無駄だろうが」

清里はそう前置きをしてから、

「あまり深く首を突っ込むな。もう井上先生も解放されている」

と、軽く叱《しか》りつけるように言う。

「馬鹿いえ。俺は井上先生の疑いを完全に晴らす。そのためには、この鉄砲の件は解決しなきゃならねえんだ」

勝は武士の言葉をかなぐり捨てるように、威勢がよかった。

そして、新太郎を力強い目で見てきた。

目的は違えども、新太郎は勝と共に、この件を最後まで調べてみる気持ちになっていた。それは、日比谷や井上のため、そしてそこに巻き込まれる羽目になった太助がこれ以上面倒な目に遭わないようにするためでもあった。

五

与四郎は、その日の荷売《にないう》りが終わったのが、八つ半過ぎであった。売れ行きがよく、いつもよりも早く商売を切り上げた。

七つ（午後四時）頃に横瀬の長屋へ赴いたが、やはり姿はない。

とば口に住んでいる大家も、「足柄屋さんも横瀬さまを……。いや、ほんとにどこへ行ってしまったんだろうね」と首を傾げる。

一度、『足柄屋』に帰り、横瀬がまだ家に戻っていないことを店の間にいた小里やお筋に話した。

「何かに巻き込まれたに違いありません」

小里の目つきがきつくなった。

今戸の千恵蔵の家で、小里とお筋は横瀬に会っている。ちょうど、横瀬が釈放されてすぐのことだった。

「あの時の様子からして、日比谷さまの無実を晴らそうと動いているのではないかと思います。少し不安ではありました」

小里が言った。

「旦那さまはどうなさるおつもりですか」

お筋がきく。

「横瀬さまのことは心配だが、新太郎親分が探してくださっているという」

与四郎が返すや否や、

「しかし、もう三日間も見つけられないとなれば、もっと人手が必要でしょう」

と、小里が決めつけるように言った。

小里の顔を改めて見ると、何か協力してあげて欲しいと訴えているように見えた。

「親分のところへ行ってくる」

与四郎は荷物を置いて、すぐに『足柄屋』を出た。

だが、鳥越へ行っても、新太郎はまだ帰ってきていなかった。

女中が言うには、

「おそらく、高輪か、それとも千恵蔵親分のところじゃないでしょうか」

「高輪？」

「横瀬さまの姿が最後に見られたのが、高輪だそうで」

女中が答える。

ここから高輪へ行ったとしても、途中ですれ違うことも考えられる。与四郎は今戸へ行くことにした。

冬も深まりつつあり、ただでさえ夜の人通りの少ない今戸は、真っ暗であった。

今戸の千恵蔵の家には、灯《あか》りがついていた。

話し声も聞こえた。相手は男のようである。もしや、と思った。

裏口から入り、

「与四郎でございます」

と、声をあげた。

すぐに、千恵蔵がやって来た。

「お前か。いま来客中でな」

「新太郎親分ですか」

「いや」

そう口にしたとき、勝が廊下の奥から顔をのぞかせた。

与四郎は勝に向かって頭を下げてから、

「せっかくだから、こいつにも手伝ってもらおう」

勝は決め、裏庭に面した部屋へ移った。

車座になり、

「横瀬さまが探していた連中のひとりはわかった。坂半平太という近江日野《ひの》藩に勤めていた浪人だ。坂というのは、かなり蘭学に傾倒していたようだ。同じ日野藩の影井《かげい》三郎《さぶろう》と、久留宮《くるみや》左介《さすけ》というふたりと共に、藩を辞めて自ら蘭学会というのを始めたそうだ」

「では、その三人が日比谷さまを訪ねてきて、鉄砲のことにも関わっているのですか」

与四郎は口にした。

「そうだろう」

勝が頷く。

千恵蔵も同調していた。

「では、横瀬さまもそのことを知っているのでしょうか」

与四郎はふたりを交互に見た。

「横瀬さまが日野藩を訪ねたこともわかっている。おそらく、そうだろう」

千恵蔵は深く頷いた。

「で、横瀬さまの行方を新太郎親分が探しているとお聞きしましたが」

「ああ。後で、ここに来るだろう」

千恵蔵は答えた。

新太郎がやって来たのは、それから四半刻《しはんとき》あまりしてからだった。与四郎がここにいることに驚いたが、千恵蔵が横瀬のことで来ていると伝えた。

「そうか。ちょうど、お前にも話があるところだ」

新太郎はこの一日、高輪周辺を隈《くま》なく探ってみたが、手がかりはつかめなかったそうだ。そして、迷惑のかからない限り、与四郎や太助の手も借りたいと言った。

「ええ、私にできることであれば、どんなことでも」

与四郎は勢いよく答えた。

第四章　女房の活躍

一

曇りの寒い朝、与四郎は高輪に足を延ばし、黒い海をじっと見ていた。硬そうな波が押し寄せ、渋い音を立てている。

新太郎は高輪一帯を隈《くま》なく探したと言っていたが、どこにも横瀬の姿はない。

まさか、神隠しにあったはずはない。だとすれば、新太郎がきき回った中に、嘘《うそ》をついている者がいるのかもしれない。

嘘をついている者を見つけ、その近辺を当ってみれば、横瀬にたどり着けるのだろうか。

ふと灰色の空を仰ぎながら、「よし」と口の中で小さく呟《つぶや》いて、歩き出した。

荷《にない》売《う》りをしながら、それとなく探り出す。

「深川佐賀町に店を構えているのですが、奉公人に店を任せ、これからはこちらの方まで回ろうと考えております。取り揃《そろ》えているのは、京や大坂のものもございます」

与四郎は商品を見せながらそう言った。

この辺りは武家屋敷や寺社が多い。

そこにいる女は地味なものを好むかといえば、そうではないことを長年の見聞から知っていた。

商品は良いものであれば、その場で買ってくれなくても、次に来たときに売れる。今日はまず色々なものを手に取ってくださいと勧めながら、与四郎は新たな客たちに打ち解けていった。

そして、相手が気を許したと感じると、さりげなく横瀬のことを切り出した。

「そういえば、数日前より知り合いのお侍さまの行方がわからなくなっておりまして。この辺りで最後に見られたことは確かなのですが、まさか急に姿を晦《くら》ますことは考えられません」

与四郎がそう口にすると、心当たりがない者でも一応は話を聞いてくれた。

年齢や顔の特徴などを伝える。

ある大名屋敷の五十代の女中頭はそのことで岡《おか》っ引《ぴ》きが探りに来ていたとも言っていた。

新太郎のことに違いない。

与四郎はあえて知らない振りをして、

「そうでしたか、もう動いてくださっているのですか。ですが、まだ見つからないということはどこかで行き倒れでも……」

「いえ、そんなことはないと思いますよ。この辺りでは追剥《おいはぎ》などもありません。品川へ出ていないのであれば、どこかの武家屋敷を訪ねた際に具合が悪くなり、そのままお亡くなりになったとか」

女中頭は急に申し訳なさそうに、

「かえって心配させるようなことを言うようですが……」

「いえ、そういうことも十分に考えられます。ただ、私はこの辺りで知り合いもいるわけではないですし、確かめようがなくて」

「それなら、色々きいてみましょうか」

女中頭が言った。

「よろしいんですか」

「ええ、この辺りの武家屋敷の女中たちとは仲がいいから。また数日したら来てくださいな。その時には、さっき見せていただいた簪《かんざし》を買おうかしら」

「ありがとうございます。それでしたら、せめてもの気持ちで値引きいたしますので」

与四郎がそう言うと、女中頭は嬉《うれ》しそうに微笑《ほほえ》み、俄然《がぜん》やる気を出したようであった。

その日は品川の方まで足を延ばしてみたが、やはり、横瀬のことはわからない。途中で、本庄茂平次に出くわした。

与四郎は避けようと思ったが、茂平次から近づいてきた。

「『足柄屋』の旦那《だんな》、そんなに嫌そうな顔をしないでも」

茂平次はにこにことしている。

「いえ、そういう訳ではありませんが……。ところで、こんなところで何を？」

「それはこっちの台詞《せりふ》ですよ。普段、品川なんて商いで回らないでしょう？　こんな真っ昼間から商売を放《ほう》り出して遊ぶようなお方でもあるまいし」

茂平次は詮索《せんさく》しながら、

「そういえば、横瀬さまの行方がわからないとか。そのことで動いているのではありませんか」

と、当ててきた。

「いえ、横瀬さまとは関係ありませんよ」

与四郎は咄嗟《とっさ》に否定した。

「本当ですか？　旦那が新太郎親分らと会っていることも聞いておりますし」

誰《だれ》から聞いたのか、まるで、問い詰めるような言い方であった。

与四郎は不気味そうに茂平次を見る。

茂平次は相変わらずの惚《とぼ》けたような表情であったが、

「勝さまともお会いになっているそうで。あまり、厄介なことには首を突っ込まない方がよろしいですよ」

と、一瞬鋭い目つきになった。

「え？」

与四郎がきき返すと、

「いえいえ、実に旦那が心配なだけで。太助のこともありますからな」

と、また元の表情に戻る。

「太助はなぜ井上先生のことで嘘をついたのです？」

与四郎はこの際だからときいてみた。

「嘘と決めつけるのは」

「横瀬さまも、勝さまも嘘だと仰《おつしや》っています。それに、太助が井上先生と共に小川村まで墓参りへ行くとなれば、私に黙っておくことはありません」

「そこが太助の奥ゆかしさ」

「なんですって？」

「旦那を心配させまいと言わなかったのでしょう」

「ただの付き添いなら心配もしません。商売に行くと偽っていたことの方が問題です」

「そんなことを私に言われましてもな……」

「このことは、茂平次さんがそそのかしたのではありませんか」

与四郎は率直に言った。

茂平次の顔が強張《こわば》る。

「旦那」

低い声を出し、

「難癖つけなさんな」

と、睨《にら》みつけてくる。

「あの日、太助は確かに商売をしていました。帳面に売り上げが記載されていますし、ちゃんと売上もあります」

「おたくの商いの事情は、こっちには何らわかりませんがね。なんでもかんでも疑うような旦那だから黙っていたんじゃありませんか？」

「まさか」

変な言いがかりをつけるな、と言いたかった。

それよりも先に、

「旦那に信頼を置いていないのでしょう。太助は商いより剣術の道に進みたがっています。それも知らないようでは……」

と、小馬鹿にするように首を傾《かし》げる。

与四郎は何も言い返さなかった。

そのまま、その場を離れた。

『足柄屋』へ戻ったのは、六つ半（午後七時）を超えていた。

家の中に小里の姿が見えないと思っていると、しばらくして、二階から小里が下りてきた。

少し疲れた顔をしている。

「どうしたんだい」

与四郎は心配して体を労《いたわ》ろうとした。

「いえ、違いますの。太助に話があって」

「井上先生の件でかい」

「そう。太助が今日も店に立っているときに、どこか上の空で、商品を落としたり、お客さまの仰っているものと違うものを持って来たりして」

やはり、井上伝兵衛のために嘘をついたことが尾を引いている。

「それだけでなく、熊坂さまもいらっしゃいました」

「熊坂さまが?」

「どうも、太助は井上さまを助けていると」

「見破られているのだな」

「はい」

小里は重たく頷《うなず》いた。

長年一緒に暮らしてきた与四郎や小里でなくてもわかることだ。

「で、どうなった?」

与四郎はきく。

「熊坂さまの詰問には、固く口を閉ざしておりました。でも、熊坂さまはまた来ると仰せで」

「容赦がないという噂《うわさ》だからな」

「いくら口を閉ざしているといっても、それこそ連れて行かれてしまえばどうなるかわかりません。せめて、私たちには正直に話して欲しいと思って、向き合ってみたんです」

小里は凛《りん》として言った。

「だが、あいつが口を割るのは……」

「ええ、苦労しました」

小里はため息を漏らす。

「その言い方だと」

与四郎はつい前のめりになった。

「はい」

小里は頷き、

「やはり、本庄茂平次さんに頼まれたそうです。奉行所の方で、井上さまの行動を事細かに調べあげていたそうです。九月二十五日、井上さまが小川村へ行ったということに関しては、誰の証言も得られなかったようです。そこで、あの子が名乗りをあげるように頼まれたそうです。ただ、井上さまはそのことで大層ご立腹だそうで」

井上のような人物が、いくら自らの無実を晴らしたいからといって、太助に嘘をつかせることを強いるとは思えない。

さっき、品川で茂平次に会ったときには、与四郎のことを責めてきたが、思った通り茂平次の仕業である。

「井上さまは小川村で何をなされていたのだ。本当に墓参りなのか」

与四郎はきいた。

「そのようです。ただ太助の話では、茂平次さんは墓参りはただの口実だと考えているようで」

「どうして」

「そこまでは、太助もわからないようです。嘘をついているようには思いませんでしたが……」

小里はそう言ってから、

「熊坂さまに、正直にこのことを話した方がいいと思うんです。太助は井上さまを助けようとしたこともありますが、何よりも茂平次さんの口車に乗せられただけです」

と、力強い口調で付け加えた。

「あの男は……」

与四郎は語尾を濁した。茂平次の性格を考えていた。ずる賢い男だ。太助がそのように証言したとしても、言いがかりだと騒ぎ立てるかもしれない。

「これは、新太郎親分に話した方がいいだろう」

「はい。でも、千恵蔵親分にも」

「どうして、千恵蔵親分に？」

与四郎はきき返してから、

「いや、嫌だから言っているわけではないよ。ただ、あの方は何かと茂平次さんのことを過大に評している」

「茂平次さんがそういうことをしていると知ったら変わるでしょう」

「そうだろうか」

与四郎は首を傾げた。

「ちゃんと正しいことを正しいと判断してくださる方ですので」

小里ははっきりと言った。

「そうか。なら、話してみるが」

与四郎はそう答えてから、二階に上がった。太助は自室で窓際に腰を掛け、外を眺めていた。

「あまり自分を追い詰めるな」

与四郎がそう言葉をかけても、太助は振り返るものの、目を合わせようとしない。

無言のまま、しばらく経《た》った。

「これまでの諸々《もろもろ》の件は、千恵蔵親分や勝さまや新太郎親分が探ってくださっている。いずれ解決しよう」

与四郎は言った。

「でも……」

「なんだい」

「いえ、なにも」

そこから、太助は再び黙った。

「一人で考えすぎないように」

与四郎はもう一度念押ししてから、部屋を出た。

一階に下り、裏口から出て、鳥越の新太郎の家へ行った。すでに、真冬のような寒さであった。

賑《にぎ》やかな居酒屋の勝手口から入り、中を覗《のぞ》くと女中が台所に立っていた。新太郎と手下たちは二階にいるという。

与四郎は二階へ上がった。

「失礼いたします」

部屋に入ると、新太郎以下四人がいた。

新太郎の隣に座っていた栄太郎が、「旦那、太助は大丈夫ですか」と眉間《みけん》に皺《しわ》を寄せてきいてきた。

「今日、熊坂さまが来て色々きいて帰ったそうだ」

与四郎は栄太郎に答えてから、新太郎を見た。

腕を組んでいた新太郎は解《ほど》いた。

「あいつは無言を貫いたそうですが、熊坂さまはまた来ると仰っているそうで。その後、小里が太助と話してみると、本庄茂平次さんにそそのかされて、井上さまに小川村へ付き添ったと嘘をついたと認めました」

与四郎が言い終えると、

「熊坂さまや益次郎親分は容赦ない」

「はい。ただ、茂平次さんのことを口にすればどうなりますか」

与四郎は尋ねた。

「うーむ」

新太郎はもう一度腕を組み、唸《うな》りだした。

少し黙ってから、

「茂平次のことを言ったとしても、その通り受け入れてもらえないかもしれない。ここは、鉄砲の件を先に解決する他ないか」

と、新太郎は決意するように口にした。

二

街道沿いの並木が、北風に揺らされている。月のない夜であった。

千恵蔵と勝小吉は『大森屋《おおもりや》』という遊女屋に上がった。

二階の部屋でふたりが向かい合うのは、二十歳《はたち》そこそこの遊女三人であった。勝は緊張をほぐそうと笑いかけているが、皆、強張った顔をしている。坂らと思われる三人の侍が九月の半ばに『大森屋』にやって来たことを遊女のひとりから聞き出してから、「で、その三人の侍は確かに近江の出身だと口にしていたんだな」との千恵蔵の言葉に、皆が堅い動きで頷《うなず》いた。

三人の遊びは浪人にしてはなかなかに豪快であったという。

三日三晩遊んでから、心付けまで渡された。

ひとりの遊女は、

「たしかに、親分の仰った通り、坂さまという名前を聞いた気がします。他のふたりがそう呼びかけていました。私は半《はん》さまと呼ぶように言われておりました。大分傲慢《ごうまん》な方でしたが、私が長崎の生まれだというと、一度は出島《でじま》に行ってみたいものだと仰っておりました」

と、答えた。

近江の出で、坂と仲間に呼ばれ、半さまと呼ばれていたとなれば、坂半平太に違いない。

あとのふたりにも相手をした侍の名前をきくと、同じ日野藩で脱藩した影井三郎と、久留宮左介らしいとなった。

久留宮の相手をした遊女によると、しばらく江戸にいると口にしていたそうだ。

「そういえば」

影井の相手が思い出したように、

「青山百人町《あおやまひゃくにんちょう》に知り合いがいて、これからそこに行くと仰っていました」

と、言った。

翌日の夕方、青山百人町。

雲が多く、相変わらずの強風で、一段と冷え切っていた。晴れた昼間であっても道端には陽《ひ》が射《さ》し込まない。この辺りの武家屋敷の塀が高いからだ。

この地は鉄砲百人組《てっぽうひゃくにんぐみ》の与力《よりき》二十五騎、同心百人を住まわせていることから名付けられた。

「本来であれば手分けして探すのがいい。だが、お前はいまは岡っ引きでもなんでもない。そんな奴《やつ》がやみくもに話しかけたって怪しいだけだ」

勝は決めつけるように言い、ふたりでききの込みを始めた。

しかし、いくらこの武家屋敷の町といえども、実際に住んでいるのは武士ばかりではない。

まだ岡っ引きの頃《ころ》、探索のために青山を何度も訪れたが、与えられた屋敷を町人に貸している与力、同心たちも多い。

そのことを勝に告げると、

「手間取らせる」

勝は文句を言った。

そういう勝にしても、番町《ばんちょう》に屋敷があるのにもかかわらず、そこは町人に貸して、自身は借家住まいだ。

「勝さま、ここはあの者らと親しい間柄ということにした方がいいでしょう」

千恵蔵は提言した。

「どうしてだ」

勝がきき返す。

「日野藩を脱藩した坂、影井、久留宮の蘭学に傾倒した三名であれば、この辺りで訪ねたのも蘭学に関《かか》わりのある者かもしれません」

「それだと？」

「警戒していることも十分に考えられます。シーボルト事件以来、何かと目を付けられておりますから」

「ほお、そういうものか。俺《おれ》は別に変な目で見ることもないがな」

「世間、いや奉行所は違います」

千恵蔵は告げた。

「なら、どういう策で行く？　元岡っ引きのお前が行って、万が一、顔が知られていたならばまずいのではないか」

「ええ。ここは、勝さまにお任せするしか」

「まあいいが、俺は誤魔化すようなことは苦手だ。うまくできるかどうか」

勝にしては珍しく、自信なげに言った。

まず、同心の家を訪ねた。

千恵蔵は近くで待っていると、勝はすぐに出てきた。浮かない顔をしている。

「どうなされたので？」

「ダメだ。うまくいかん」

「何か無駄なことでも口にしたのですか」

「ああ、気が急《せ》いてな。単刀直入にきいたんだ。幸いなことに、変に疑われていない様子だったが、いや、わからぬ」

勝は難しい顔をする。

「では、私が行きましょうか」

「いや、そういや鉄砲同心でちょっとした知り合いがいた。そいつなら」

勝が言う。

まず、隣の屋敷へ行った。そこの屋敷は麻布《あざぶ》の米屋に貸していたそうだが、そこで知り合いの同心屋敷の場所を聞いてきた。五軒ほど離れた場所にある屋敷であった。

今度はそこに移った。

千恵蔵がしばらくそこで待っていると、中から勝が出てきた。勝は千恵蔵に中に入るように手招きした。

通された客間は八畳ほどで、一輪挿しが置かれているだけの質素なところだった。同心の男は四十代半ばくらいの中肉中背で、いかつい顔をしているが、勝に極端なほどにへりくだっている。千恵蔵に対しても物腰は柔らかで、「大変であるな。しかし、井上先生がそうなっているとは知らなんだ」と口にした。

「こいつがあの三人を見かけたというんだ」

勝がそう言ってから、同心は咳払《せきばら》いして話し出した。

「この先に、与力小島勘次郎《こじまかんじろう》さまのお屋敷がある。そこは質屋の『伊勢屋《いせや》』に貸しておって、『伊勢屋』は別宅として使っておる。何に使っているのかはわからぬが、お屋敷には学者風の者たちがよく訪れている。その三人もそこへ来たのを見かけた。詳しい日時は覚えていないが、九月中旬の夜であった」

同心の話が終わると、

「『伊勢屋』に聞いてみるか」

「ただし」

無理やり白状させようとしても無駄だと言おうとした。

「わかっておる」

勝が頷く。


翌朝、六つ前に、千恵蔵は深川佐賀町の与四郎の元へ行った。

暖簾《のれん》はまだかかっていないが、店から太助との話し声が聞こえてきた。

「少し休んでいた方がいいんじゃないかい」

与四郎の声だった。

「いえ、今日は荷売りに出ます」

太助が答える。

「だが、昨日も上の空だったというし」

「もう平気です」

「それに、熊坂の旦那はまたやって来る」

「茂平次さんにそそのかされたことは話しません。話せば、余計に面倒なことになるだけだっていう旦那の考えはわかります」

「私だけじゃなく、新太郎親分もそのようにお考えだ」

千恵蔵は思わず、店の間の引き戸に手をかけた。

心張棒《しんばりぼう》が支《か》ってある。

中から、「おや」という声がして、小さく開いた。

警戒するような与四郎の顔が隙間《すきま》から覗いている。

「親分」

与四郎は声を上げるなり、引き戸をさらに開けた。

太助は驚いたように、千恵蔵に挨拶《あいさつ》をした。

「どうして」

与四郎が気まずそうな顔をする。

「入っていいか」

千恵蔵は辺りを見渡してから、

「どうぞ」

と、勧められたので土間に足を踏み入れた。

「念のため、しっかり閉めておいたほうがいい」

千恵蔵が注意する。

熊坂やその手下が見張っているかもしれないからだ。

「はい」

与四郎は心張棒を支いなおして、客間に通してくれた。

「太助も来てくれ」

千恵蔵は言う。太助はどきっとした顔をしながらも従った。

ふたりと向かい合ってから、

「さっき話していたのは、どういうことだ」

と、ふたりの目を見て尋ねた。

太助は目を逸《そ》らしたが、与四郎は観念したように、「お聞きの通りにございます」

と答えた。

咳払いをしてから、さらに続けた。

「井上さまの無実を証明するために、太助は嘘をつきました。しかし、それは本庄茂平次さんにそそのかされたんです。太助は断るに断り切れず」

「しかし、私が悪いわけで」

太助が口を挟んだので、

「お前は黙っていなさい」

と、千恵蔵は軽く言い聞かせた。

太助は開きかけた口を閉じた。それ以上、言葉を出さない。

「それで？」

千恵蔵は、与四郎に続きを促した。

「熊坂さまや益次郎親分は、どういうわけか、太助のことを狙《ねら》っています。素直に受け入れてくれるかわかりません。それにあの茂平次さんのことです。太助がそう言ったとしても、責任を押し付けられてしまわないかと心配でございまして」

与四郎はどこか心苦しそうに言った。

「茂平次が、そんなことを……」

千恵蔵は呟く。

「しかし、本当のことです」

与四郎が念を押す。

「だがな」

常に感じの好《い》い男だと思っていたが、茂平次のことを苦手とする者たちがそれなりにいることも知っている。茂平次のことをずる賢い男だとか、媚《こ》びを売っているだとか、出世に目が眩《くら》んでいるともいう。

茂平次が、まさか……。

何か揉《も》め事や事件が起こったときには、どういう訳か常に協力してくれた。それも、かなり優秀な味方でもあった。茂平次のおかげで解決することもあった。

善意からやっているのかと思っていた。

今までも、太助にしたことと同じように、誰かに嘘をつかせていたのだろうか。

自ずと、心の中で疑う気持ちが大きくなってきた。

千恵蔵はそんな考えを振り払いたい気持ちでいたが、

「あいつなら、それくらい容易《たやす》いことか」

と、ふと口からそんな言葉が漏れた。

与四郎が意外そうな顔をする。太助も、「親分、それはどういう意味で……」と顔を覗き込むようにしてきいてきた。

「太助」

千恵蔵は呼びかけてから、

「茂平次にそそのかされたっていうのは、嘘じゃねえな」

と、確かめる。

「はい」

太助はしっかり頷いた。

「本当に、嘘じゃねえな」

もう一度、確かめた。

嘘でないと太助が目をしっかりと見て答えたので、千恵蔵は信じられると思った。

「俺がいままで茂平次を買い被《かぶ》り過ぎていたのかもしれねえ」

千恵蔵は口にした。

それから、太助、それから与四郎を改めて見た。

「さっき言っていたように、熊坂の旦那や益次郎に、そのことを言っても無駄だろう。特に熊坂の旦那は大草さまの件でしくじったこともあり、今回、井上さまを誤って捕まえたとなれば、自身の立場がなくなる。それで、どうしても自分が正しかったと明かしたいんだ。そのためなら、何でもやる。仮に熊坂の旦那がそうしなかったとしても、益次郎がそそのかす」

「新太郎親分は、鉄砲の件を早く解決すればいいと仰っていましたが」

「それしかない」

「ですが、それよりも前に太助が捕まってしまっては……」

与四郎の顔が強張る。

「もし何かあれば、俺が熊坂さまと対峙《たいじ》してでも、太助を救ってやる」

千恵蔵は、はっきりと言った。

その時、客間の外で音がした。

目を向けると同時に、襖《ふすま》が開いた。

小里が膝《ひざ》をついていた。

「親分、盗み聞きして申し訳ございません」

まず小里が謝ってから、

「ですが、いくら親分であっても、そのように物事をうまく運べるはずはございません。それに、横瀬さまが何かに巻き込まれてもいます。太助のことを想《おも》うばかりに、親分に何かあっては」

「俺のことは気にするな」

「いいえ、親分。横瀬さまのような腕が立つ方でもこのようなことになっているのです。何があったのかはわかりませんが、相手にそれ以上の剣豪がいるのか、それとも敵は多数なのか」

「悪く考え過ぎだ。三人はもう名前も割れている」

坂半平太、影井三郎、久留宮左介の三人を挙げてから、青山百人町の小島勘次郎屋敷を訪ねたことも告げた。むろん、小島が質屋の『伊勢屋』に屋敷を貸していることも話した。

「俺が来たのは他でもねえ。与四郎に、この『伊勢屋』に探りに行ってもらいたいからだ。『伊勢屋』ももしかしたら蘭学《らんがく》の仲間なのかもしれねえ。それだと、俺や勝さまが行ったら警戒されてしまう。だから、与四郎、お前に頼みたい」

千恵蔵は言った。

言葉の途中で、小里の目が曇ってきたのを感じた。

反対される。

だが、他に頼めそうな者はいない。

おそらく、与四郎は引き受けてくれるだろう。現に、そんな顔つきでいる。

「勝さまや、俺が傍《そば》についている」

千恵蔵は小里に向かって言った。

与四郎は小里の顔を覗き込む。

「うちの人なら、怪しまれずに探ることができると？」

小里は考えながら言葉にするように、ゆっくりときいてきた。

「ああ」

「私でも出来るのではありませんか？」

小里はやや低い声で、鋭い目つきになった。

三

小里の言葉に、一同が意表を突かれたように目を丸くする。

「女の私が伺った方が、怪しまれずに済むと思います。おそらく、質屋の『伊勢屋』ではうちの店のことは知られていませんし、いくら小間物屋だと言っても、疑われてしまうかもしれません。まして、横瀬さまの行方がわからなくなったことや、鉄砲の件にその伊勢屋さんが絡んでいるのであれば、尚更《なおさら》です。それでしたら、私がその役をやらせていただいたほうがよろしいかと思います」

小里は千恵蔵の反応に関わらず、意見を述べた。

千恵蔵が口を開く前に、与四郎が優しく宥《なだ》めた。

しかし、小里は意見を変えない。

「ただ、どうするつもりなんだ」

千恵蔵がきく。

「その三人は品川の『大森屋』という遊女屋に上がったとか?」

「そうだ。三日三晩遊んでから、青山百人町へ」

「では、私がその店の女中ということにして、忘れ物を届けに行くというのは如何《いかが》でしょうか」

「もうひと月以上も経っている。今さら、忘れ物など」

「でも、それほど大事な忘れ物があるということにすれば」

小里は咄嗟に口にした。

「たとえば、どんな？」

千恵蔵がきき返す。

「そうですね……」

小里はしばらく考えてから、

「たとえば、坂さまの家紋が入ったものがあったとか、その中に何十両という金が入っていたとか」

「金か」

「それなりの金であれば、取り次いでいただけるのではないでしょうか」

小里は言った。

千恵蔵はあまり乗り気ではなかったが、他にいい案が出てこないようであった。

「与四郎、太助。お前はどう思う？」

千恵蔵がきいた。

まず太助から、「私はそれがいいかと思います。しかし、それだとしてもわざわざお内儀さんが行く必要はないかと。私がそこの店の小僧になりきっても構いません」

と、名乗り出た。

「お前はいけないよ」

与四郎がすぐに制して、

「熊坂さまに狙われている。大人しくしている方がいい」

と、付け加えた。

「俺もそう思う」

千恵蔵も同調した。小里としても、太助にはこのことが解決するまで、何もしないでもらいたい。

太助は素直に引き下がった。

すると、今度は与四郎が名乗り出た。

千恵蔵は賛同したが、

「いいえ、お前さんにしても、もしかしたら熊坂さまに狙われているかもしれません。

私がする方がいいですよ」

　小里は押し通した。

「まだ体調は万全ではないだろう」

　千恵蔵の心配をよそに、

「もうだいぶよくなりました。今まで、私が何もできなかった分、せめて、これくらいはやらせてください」

　と、強く願い出た。

　何度か心配するようなやり取りをしてから、小里が『伊勢屋』へ行くことが認められた。だが、すぐに小里が行くことを千恵蔵は止め、まずは下調べをしてからだと言った。

　小里はそれに従った。

「では、調べてくる」

　千恵蔵がそう言って去ると、さっそく商売の支度を始めた。

　太助は相変わらず荷売りに出ると言っていたが、与四郎が許さなかった。

「お前が心配なこともあるが、この間高輪へ行ったときに品物を見てくださったある武家屋敷の女中頭が、横瀬さまのことを他のお屋敷の女中にも聞いてくださるというんだ。そのことも、私がききに行きたい」

　与四郎は言った。

　その日の六つ過ぎ、与四郎はどこか興奮したように帰ってきた。その一方で、どこか恐ろしいものを見たような目をしている。

「横瀬さまのことで？」

　小里は何か嫌な報告がないように心の中で願いながら、恐る恐る尋ねた。

「まだ横瀬さまと断言できないが、泉岳寺《せんがくじ》の裏手にある旗本、安倍川忠興《あべかわただおき》さまのお屋敷に閉じ込められているかもしれない。安倍川さまの女中がそう言っていたそうだ」

「え？　どういうことですか」

「女中の話によると、七日ほど前、突然、訪ねてきた五十くらいの侍がいたらしい。取り次いだのは若党だったそうで、なぜ閉じ込めることになったのか、経緯《いきさつ》はわからないそうだ。だが、その女中が日に二度、その侍に食事を運んでいるという」

「七日前であれば、横瀬さまということは十分に考えられます。それにしても、どうして横瀬さまが閉じ込められる羽目に……。そもそも、その安倍川さまというのは一体、何者で……」

疑問が次から次へと湧《わ》いてくる。安倍川は坂、影井、久留宮と関わりのある横瀬と安倍川は顔見知りであったのか。安倍川の屋敷に閉じ込められている侍が横瀬であるのか。

しかし、与四郎がわかっていることは、安倍川の屋敷に閉じ込められている侍が横瀬かもしれないということだけであった。

ともかく、与四郎はこのことを新太郎には伝えたそうで、新太郎が安倍川のことを至急調べると言ってくれたそうだ。

そんな話をしていると、千恵蔵がやって来た。勝小吉も一緒だった。

勝は相変わらずぶっきら棒に「『伊勢屋』のことがわかった」と千恵蔵の話を横取りするように早口で告げた。

伊勢屋は青山六軒町《ろっけんちょう》に三代続く質屋で、女房、番頭の他に手代《てだい》三人、小僧四人、女中三人、下女一人を置いているそれなりに大きな店である。

主な顧客は近所の旗本や御家人で、手堅い商売をしている。主人はかなりの学問好きで、学者などとの交友もあり、よく自宅に学者や武士などを招き入れて会を催している。次第にその会の規模が大きくなり、自宅では手狭になってきたので、旗本屋敷を借りているのだという。

「田原《たはら》藩の家老渡辺崋山《わたなべかざん》さまや、高野長英《たかのちようえい》、小関三英《こせきさんえい》なども来ているそうだ」

勝が言うと、

「坂、影井、久留宮の三名も学問、蘭学を通じた仲であるといえるな」

千恵蔵が付け加えた。

与四郎は興味深そうにきいている。

小里はおもわず、

「安倍川忠興さまも、もしやその間柄なので？」

と、口にした。

「安倍川忠興？」

勝が小里に顔を向け、ゆっくりと首を捻《ひね》る。

「ご存知ですか」

千恵蔵が勝にきく。

「いや、知らねえが、何か摑《つか》んだようだな」

勝は膝を乗り出す。

「はい……」

小里は頷き、与四郎を見た。

「私から説明させていただきます」

与四郎は横瀬と思われる侍が安倍川屋敷に囚《とら》われていることを告げた。

「そこまでわかってるなら、さっそく踏み込んでしまおうじゃねえか」

勝が荒々しく言う。

「いえ、勝さま」

千恵蔵が落ち着かせるように制し、

「万が一、違っていた場合には勝さまは責任を取らねばなりません」

「構わねえ」

「仮に横瀬さまが囚われていたとしても、無理に押し入れば、横瀬さまが殺されてしまうかもしれません」

「それはねえ」

「どうして、そう言い切れますか」

「殺すつもりなら、とっくに横瀬殿の命はない。生かしておくということは、殺しまでは犯したくないという心の表れだ」

勝は言い切った。

与四郎は勝の言い分に賛同したいようにも思えた。

「どう思う？」

勝はぐっと見開いた目で小里を見る。

「安倍川さまがなぜ横瀬さまを捕らえているのか、その理由がわからなければ何とも言えません。ただ、まだ食事も与えられているとのことで、すぐに殺すようなことはなさらないでしょう」

小里は正直に意見を述べた。

「なら、どうするべきだと？」

勝がきく。

小里が答える前に、

「どうやって調べればいいのだ」

と、勝はさらにきいてきた。

「安倍川さまの女中などから話を聞くくらいしかできないかと」

「女中からか。だが、女中が知っているだろうか」

「……」

小里はすぐに答えられなかった。

「ともかく、あの三人と安倍川が繋《つな》がっていることも十分に考えられます。小里が三人のことを探ってくれるというので、その報《しら》せをまずは待ちましょう」

千恵蔵が言った。勝も納得するように頷いた。

翌日の昼過ぎ、小里は青山六軒町の質屋『伊勢屋』へ赴いた。千恵蔵と一緒であった。ふたりきりになるのは、久しぶりだ。

千恵蔵は小里の体調を色々と心配してきた。小里がだいぶよくなったと言っても、「しかし、薬師の先生によると、まだ万全ではないようだが」と、心配の様子を崩さない。小里が頼んでいる薬師は、千恵蔵が紹介してくれたところであった。

最初にその薬師に頼んだ時には、どういう訳か、その薬代は千恵蔵が出した。紹介した手前だと言っていたが、二回目からも千恵蔵が支払った。申し訳ないから自身で出すと言ったが、それでも千恵蔵は聞かなかった。

もう以前のように毎日煎《せん》じる必要もなく、具合の悪いときに飲むだけでいいとも言われていた。

「こうして体調がよくなったのは、親分のおかげです」

小里が微笑みかけると、千恵蔵は照れくさそうにした。

それから、

「坂さまというのは、品川の『大森屋』で豪遊をしていたんですよね」

と、小里は確かめた。

「そうだ」

「鉄砲はその後に、日比谷さまの道場へ」

「ああ」

「鉄砲と、蘭学とは何か関係があるのでしょうか」

「わからねえな」

千恵蔵が首を傾げる。

それ以外にも、坂のことを色々と聞いた。

言い方は悪いが、相手を騙《だま》すためにも、坂のことはしっかりと知っておかなければ、嘘が見破られる。失敗は許されない。

「もしダメだったら、すぐに諦《あきら》めるがいい」

千恵蔵は緊張をほぐそうとそう言うが、小里は決してしくじるまいと気合を入れていた。

やがて、すぐに六軒町にたどり着いた。

『伊勢屋』の近くで、千恵蔵は「俺は近くで待っているから」と離れていった。岡っ引きを引退してから数年経っているが、未《いま》だに岡っ引きの時の術《すべ》は忘れていないようで、『伊勢屋』の前で振り返ってみても千恵蔵の姿は見つけることはできなかった。

暖簾をくぐると、手代が笑顔で迎え入れてくれた。「どんなものでもお預かりいたします」と丁寧に声をかけてきた。

「すみません、客ではないんです」

小里は品川の『大森屋』の女中だと名乗り、「こちらの旦那さまとお話ししたいことがあるんです」と告げた。手代は少し驚いた様子であったが、すぐに主人に取り次いでくれた。

主人は六十過ぎの小太りの男で、穏やかな口調に、優しい眼差《まなざ》しの男であった。

「実は坂半平太さまのものと思われる忘れ物がございまして……」

掃除をしていた際に、革の財布が出てきて、坂半平太のものではないかと相手をした遊女が口にしたという体裁を装った。

それも、すんなり受け入れてもらえた。

「それにしても、坂さまはここに来ることを話していたのかい」

主人が苦い顔をしてきく。

「はい」

小里が答えると、ますます渋い顔をした。

ため息をついたので、

「坂さま以外にも、ご一緒なされていた影井さまと久留宮さまも、こちらにお越しになるようなことを」

と、付け加えた。

「そうか」

主人は否定しなかった。

「いまは、坂さまたちはこちらにいらっしゃらないのですか」

小里はきく。

「うむ」

主人は短く答える。

「どちらへ？」

「他のところだ」

「と、仰いますと」

「まあ、色々回っておるようで」

主人は、はっきり答えない。

隠したいようであった。

何を隠しているのか。小里は探るのが自身の務めだと言い聞かせた。

「実は相手をした子は、坂さまに惚《ほ》れたようでして……」

小里は含み笑いしてから、

「それで、随分と心配しているんでございます」

と、普段とは違う言葉遣いや口ぶりで話した。多少、大げさだったかと思ったが、主人は身を乗り出してきた。

「と、いうと？」

腕を組んで、真剣な眼差しを向ける。

「その子が言うには、坂さまは随分と金回りがよく、何か大きな仕事を終えてきたようだったそうです。でも、どこか危ないことをしてきたようでもあったそうで、あとで問題にならなければいいと」

小里は主人の些細《ささい》な表情の変化も見逃すまいと、顔をまじまじと見て告げた。

主人は思案顔で、咳払いした。

「坂さまが大きな仕事とは……。きっと、何かの勘違いでは？」

主人は繕うように笑う。

きっと、この男は鉄砲の件も知っている。

瞬時に、小里は感じた。

「そうですか。それならばいいのですが、鉄砲が何とかという風に」

「え？　鉄砲と？」

「私が直接聞いたわけではございませんよ」

小里は曖昧《あいまい》に首を動かした。

主人は神妙な面持ちで、

「このことは誰かに話しでも？」

「いえ、何も言っていません。その子も私にだけ教えてくれたんです」

「そうか、ならよかったが」

主人は畳の一点を見つめている。

「すみません。お邪魔しました」

小里はその場を後にした。

四

外に出た小里は、深川佐賀町に向けてしばらく道を進んだ。すると、角から千恵蔵がひょっこり出てきた。

「親分、伊勢屋さんですが、鉄砲のことをどうやら知っていそうな気がします。三人がどこへ行ったのかは全く教えてくれなかったのですが」

小里はそう告げてから、

「もしかしたら、今後鉄砲のことで誰かに会いに行くことがあるかもしれません」

「なら、追うしかねえな」

「しかし、親分ひとりだと」

「心配するな」

「勝さまの応援も頼んだ方が」

「いや、こういうのに、あの方は向いていない」

千恵蔵は苦笑いして、「俺ひとりで平気だ」と言った。

「私も」

「ダメだ。お前は帰ってこのことを新太郎に伝えてくれ」

「ですが、親分ひとりでは心配です」

「俺のことは構うんじゃねえ」

「いえ、ふたりいた方がいいに決まっています。それに、あの様子では直《じき》に行動に移しますよ」

「本当に、俺ひとりで」

「私が邪魔だというのですか」

小里は強い口調で詰め寄った。

「そうじゃねえが」

千恵蔵は急に怯《ひる》んだように言う。

「なら、親分と一緒に」

「あの主人が出てこなけりゃ、長い間待たないといけなくなるぞ。それでも、いいのか」

「はい」

「与四郎が心配するぞ」

「親分が一緒なので平気です」

小里は譲らない。

やがて、千恵蔵が諦めたように、「固まって待っていては気づかれるかもしれない。そうだな、お前さんはあっちで待っていてくれ」と、屋敷の裏手にある大きな柳の木を指した。

小里はそこに移った。

四半刻《しはんとき》も経たないうちに、『伊勢屋』の裏手に町駕籠《まちかご》がやってきて、停《と》まった。

この駕籠に乗って、どこかへ行くのだ。

小里がそう思っていると、『伊勢屋』から手代が出てきた。

手代は数言、駕籠かきに話してから店に戻った。

その時、千恵蔵が駕籠かきに近づいた。

声は聞こえないが、何やら訊《たず》ねているようだった。それから、千恵蔵が駕籠かきに手をかざして、その場を離れた。ちらりと、小里を見て、何やら思わしげな表情をする。

小里とは反対の方向へ歩いて行った。

少し間を置いて、小里も向かった。

数間先の四辻《よつつじ》で千恵蔵に出くわすと、

「これから、麹町《こうじまち》の貝坂《かいさか》へ行くらしい」

と、小声で告げてきた。

「貝坂……」

「そっちに何があるってえのか。まあ、行ってみねえとわからねえから、俺らも町駕籠を用意して」

千恵蔵が言いかけているときに、小里にはふと思い付くことがあった。

以前、与四郎から「貝坂の診療所」と聞いたことがあった。高野長英という尚歯会の中心を担う医者が、そこに診療所を構えている。

「もしかして……」

小里は長英のことを告げた。

そんなことを話していると、『伊勢屋』の主人が出てきて、町駕籠に乗った。

「お前さんは、新太郎にこのことを伝えてくれ。今日は今泉さまの見廻りには同行しないはずだ。応援を頼んで欲しい」

千恵蔵が頼んできた。

「わかりました」

小里は自分も新太郎と貝坂へ行くつもりで、気合を入れて答えた。

駕籠に揺られること四半刻あまり。

小里は乗物酔いもあって呼吸が苦しくなっていた。鳥越の新太郎の自宅前で降りて、外の空気を思いきり吸った。

少しは楽になった。

新太郎は近くの自身番にいるとのことで、女中が呼びに行ってくれた。

新太郎は慌ててやってきた。

「何かわかったか」

「はい。伊勢屋さんは鉄砲のことを知っていると思われ、いま麴町の貝坂へ」

「貝坂？」

「おそらく、医者の高野長英先生のところだと思うのですが、千恵蔵親分が追っています」

「そうか。それで、応援をとな？」

「はい」

「すぐに行く」

「私も」

小里は言ったが、

「いや、お前さんは与四郎にこのことを伝えてくれ」

「どうしてですか」

「お前さんを邪険にするわけじゃねえが、俺と手下だけで十分だ。下手に、目を付けられたらいけない」

「でも、千恵蔵親分もおそらく私が行くと思っているはずです」

「親分は、お前さんには危険を冒して欲しいと思っていない。ただ、お前さんを引き留められないだけだ」

「どういうことでしょう?」

「親分はお前さんには弱い。強く出られないんだ」

「いえ、私が言いたいのは、どうして千恵蔵親分が……」

「なんでもそういうことなんだ」

新太郎は打ち切るように言い、

「お前さんは『足柄屋』へ戻ってくれ」

新太郎は町駕籠を呼んでから、表まで送り出してくれた。

小里は歩いて帰ると言ったが、半ば無理やり駕籠に乗せられ、佐賀町の『足柄屋』へ戻った。

『足柄屋』の少し手前で降りると、店の外で客を見送った太助が驚いたように、

「何かあったんですか」

と、小里に駆け寄った。

「千恵蔵親分は、伊勢屋さんを追って、貝坂へ行っています。貝坂といえば……」

「たしか、高野長英先生が」

太助が先に言い、さらに続けた。

「高野長英先生も鉄砲に絡んでいるのでしょうかね。いや、尚歯会で……」

「まだわかりませんが、調べてみないとなりません」

「そういえば、以前日比谷先生が貝坂へ行っていました。長英先生とはそれなりに親しい仲だそうです。そこに伊勢屋さんが加わっているとすれば……」

太助が語尾を伸ばした。

その時、ふと、どこかから見られている気配を感じた。

小里は辺りを見渡した。

数軒先の海苔屋《のりや》の軒下にいる背の高い男だろうか。小里が目を向けると、『足柄屋』とは反対方向へ歩き出した。

「お内儀さん、どうしたのです」

「いえ」

小里はその男の去り行く様を目で追っていた。

「あれは、亀戸の益次郎親分の手下です」

太助の声に力がこもった。

「え？　あれが？」

「はい」

「間違いないかい」

「絶対そうです。やはり、私のことをまだ疑って……」

太助は悔しそうに言い、

「ともかく」

と、続けようとした。

「中に」

小里は太助の背中を押して、店に入った。

客はいない。

お筋と長太が心配をしてくれた。

「大丈夫ですよ。ちょっと、奥で太助と話をしていますから」

そう言い、居間へ移った。

「ともかく、新太郎親分には報せたけど、お前さんはまだ見張られているから下手に動いてはいけませんよ」

　小里は念押しする。

「わかっています。日比谷先生が、さらに疑われることがあってはなりませんから。あっ」

　太助は、閃《ひらめ》いたように声を上げた。

　改まった顔で、

「日比谷先生は、長英先生を庇《かば》っているんですよ。長英先生はシーボルト事件から幕府に目をつけられています。鉄砲がどういうことであれ、長英先生のものだとしたら、今度こそ長英先生がどうなるかわかりません」

「しかし、そのために日比谷さまは自らを犠牲に？」

「日比谷先生は義理堅い人です」

「長英先生に恩があるのかい」

「江戸に来る以前より知り合いであったそうで、かつて、長英先生の医術で日比谷先生の病を治してもらったことがあったような……。日比谷先生はあまり多くを語りたがらなかったので、定かではないのですが」

　日比谷であれば、恩を必ず返そうとするだろう。

ほんの少しもらった野菜をお裾分けしただけでも、丁寧な文《ふみ》を認《したた》め、小里の好きな芝の団子を買ってきてくれる男だ。

「間違いありません。日比谷先生が何も答えないでいるのは、長英先生を庇うためです」

太助が決め込む。

「だとしたら、その近江侍三人というのは……」

「蘭学に傾倒していたということで、長英先生とも関わりがあるのでしょう。その三人が鉄砲を仕入れて、長英先生も絡んでいて、日比谷先生の道場に鉄砲を置いた。それを熊坂の旦那か、益次郎親分が知ったということじゃないでしょうか」

「それだと説明がつきますね」

小里は口にしてから、

「でも、三人が品川で豪遊していたというのはどういうことでしょう。浪人で、なぜそんなに金を持っていたのか。豪遊までして」

「鉄砲を使って何かをしでかした、ということでしょうか」

太助が腕を組み、低い声で唸る。

だが、そのようなことが実際に起これば、大騒ぎになっているだろう。

小里と太助は色々な考えを出し合ったが、いまひとつ真相にはたどり着けなかった。

五

陽が沈む頃、与四郎は高輪台町《たかなわだいまち》にやって来た。

昼間もやって来て、この日、二度目である。

家数は五十余りしかなく、周囲には寺々が並んでいる。安倍川忠興の噂を聞いて回っていると、安倍川の人物像がなんとなく浮かび上がって来た。

安倍川は元々、御側御用取次衆《おそばごようとりつぎ》で神田に屋敷があったが、相対替《あいたいが》えで五年前にこちらにやって来たようだ。その理由として、長男、次男、共に生まれつき病弱で、海に臨んだ場所で療養するのがよいと易者に言われたからだそうだ。御側御用取次衆を辞して、いまは何の役にも就いていないという。

ただ、長男を二年前、次男を昨年に亡くしている。長男は十二、次男は十であった。どちらも元服前で、安倍川は深く悲しみ、それ以来人付き合いをしなくなったという。

毎年、ふたりの命日には先祖代々の墓がある平塚《ひらつか》までお参りへ行くそうだ。

今年は長男が本来であれば元服をしてもおかしくない年齢ということで、若武者の人形を作らせ、それを馬に乗せて、家来一同を連れて平塚まで行ったという。

「八百石の旗本でありますので、大名行列には遠く及びませんが、家臣、このために雇った足軽、それに中間《ちゅうげん》も含めたら、三十名近くの家来を連れての行進でした」

高輪台町で酒屋を営む主人が言った。

「その資金はどのように拵《こしら》えたのでしょうか」

与四郎は尋ねた。

「おそらく、札差《ふださし》にでも借りたのでしょう」

酒屋の主人は答えた。

近頃、安倍川のところで変わったことといえば、それくらいであった。

鉄砲と関係あるのか。

与四郎は妙に引っかかっていた。

他に心当たりがある者はいないので、このことを確かめてみようと、それから蔵前《くらまえ》へ行き、札差の間口屋《まぐちや》心平太《しんぺいた》に会った。

与四郎は心平太の父、五郎次《ごろうじ》の頃からの付き合いで、心平太のこともよく知っていた。それに、心平太の娘お稲は、『足柄屋』に居候している蜜三郎と良い仲である。

はじめはふたりの間柄を心平太は父親として快く思っていなかったが、蜜三郎が料理屋『壇ノ浦』でしっかりと働いていることから、今ではすっかりふたりの仲を認めている。

与四郎は詳しいことは話さなかったが、安倍川忠興のことを調べていて、どこの札差から金を借りているのか知りたいと告げた。

突飛なことに、心平太は困惑した表情を浮かべ、

「足柄屋さん、何か面倒なことに巻き込まれているのですか」

と、きいてきた。

心平太がどこまで、日比谷や横瀬のことを知っているのかわからない。蜜三郎がお稲に話して、それがそのまま伝わっているかもしれないし、ただ疑問に感じただけかもしれない。

安倍川の屋敷に、横瀬が囚われているかもしれないことは、いくら心平太相手であっても確証もないので言いあぐねていた。

だが、うまく説明できないところを察したのか、

「色々大変でしょう。安倍川さまは以前うちの顧客でしたが、いまは『武蔵屋《むさしや》』さんを使っております」

「『武蔵屋』さんといいますと？」

「三軒先にあるところです。そこの旦那は気前がよいといいますか、気に入った相手であれば出世払いだとか言って気軽に大金を用意するんです。安倍川さまは、以前はしっかりとしたお役がございましたが、いまはそうではございませんので、うちではお断りさせていただいたんです。それで紹介しました」

「武蔵屋さんは、口が堅いでしょうか」

「一度懐《ふところ》に入れれば気さくなのですが、はじめは警戒するでしょう。なんなら、私が代わりに用件を承りましょうか？」

「しかし……」

「父が死んだときにも、足柄屋さんには大変お世話になりましたし、せめてこれくらい……」

「そうですか」

与四郎は頷き、心平太に任せようと思った。

「あまり言えないことは隠していただいて構いませんが、何をお伺いすればよろしいのでしょうか」

心平太がきく。

「先日、安倍川さまがご逝去なされた長男の為《ため》に武者行列を組んで、墓参りへ行ったとのことです。その費用を出されたのかということと、あとは……」

安倍川が蘭学に傾倒していたかどうか、高野長英と親しい人物であるのか。日比谷とのかかわりはどうだったのか。

確かめたいことは多々あった。

「なんでもお気軽に」

心平太が促す。与四郎は実直な心平太に、「まだ確かなことではありませんが」と前置きしてから、経緯をかいつまんで話した。

「重大な役割ですね。そのようなことであれば、こそこそと探るより、直接堂々といた方がいいかもしれません」

心平太が考えながら言う。

「しかし、何の面識もない私に話してくれるでしょうか」

「私が間に入りますので」

心平太は早くしようとばかりに、腰を上げた。

心平太は店を番頭に任せて、与四郎と共に三軒隣の『武蔵屋』へ行った。

そこの主人、善右衛門《ぜんえもん》は腰が低く、心平太が耳打ちすると、すぐに与四郎を奥の客間へ通してくれた。

「それで、安倍川さまですね」

「はい。実はよからぬ噂を聞いたものですから」

「と、いいますと？」

「安倍川さまが、横瀬左馬之助さまというご浪人を屋敷で捕らえているというのです」

「ご浪人を……。また、なぜ？」

「理由はわかりませんが、横瀬さまは以前、身に覚えのないことで捕らえられていたことがございます。鉄砲を所持していたということです。横瀬さまは釈放されたのですが、まだ日比谷さまという方が捕らえられたままでございます」

「安倍川さまも何か関わりがあるので？」

「それを確かめようと調べていたところ、安倍川さまが武者行列を組んで、平塚へ墓参りしたとお伺いしました」

「そうですか。それで、横瀬さまは鉄砲で……」

善右衛門は眉《まゆ》を寄せた。

「思い当たる節でもあるのですか」

与四郎は、思わずきいた。

「いえ」

善右衛門は咄嗟に否定した。だが、何かありそうだ。

「まさか、横瀬さまの身に何かあるとは思えませんが、周囲の者たちはとても心配しております。安倍川さまにも、それなりの事情があると察しますが、どうか教えていただけませんか」

与四郎は丁寧に頼んだ。

その横から、心平太も頭をしっかりと下げて、「お願いいたします」と言った。

「そこまで言われましては、隠しておくわけにもいきませんね」

善右衛門は観念したように、

「安倍川さまにお貸しいたしましたのは、全部で三百両。乗り物代、従者の衣服代、道中での宿泊代と食事代、それに纏《まとい》などの用具代、さらには槍《やり》や鉄砲なども取り揃えるとのことでした」

そこで、鉄砲という言葉が出てきたのに、与四郎は引っかかった。

善右衛門も、与四郎と同じ思いでいるのか、

「私は鉄砲まで揃える必要はないと申し上げました。しかし、元服できなかったご長男の為に、せめて今年くらいは派手にしてやりたいと仰せでした。そこで揃えた鉄砲

が三挺だと聞いております」

「三挺」

たまたま同じ数なのだろうか。

いや、そんなはずはあるまい。

善右衛門はさらに続けた。

「三百両をお貸ししたとしても、百両はすぐに返すというのです。といいますのも、槍や鉄砲などはこれで使ったらもう必要ないので、すぐに売り払うそうです。金に苦労するのがわかっているなら、そこまでしっかりとしたことをなさらなくてもよいものを……。あの方はご長男に、そうさせてあげたかったのでしょう。それはともかく、百両はすぐに目途《めど》が付くと仰っていたので、お墓参りの後のことはすでに考えていたのでしょう。ですが、その後、安倍川さまがお越しになったときに持参なさったのは七十五両」

「二十五両足りませんね」

「はい。都合がつかなくなったと」

「それはどういうわけで」

「鉄砲が売れなかったというのです」

「売れなかった……」

与四郎は思わず、首を捻った。

「どこで売ろうとしたのか聞いたのですが、一向に答えていただけません。それで、伝手《つて》を使えば鉄砲を売ることができますので、二十五両の代わりに鉄砲三挺を預けてくれないかとお願いしたのです」

「それで、鉄砲はどうなされたのですか？」

与四郎は前のめりにきいた。

「安倍川さまは、それは出来ないと仰りました。私は気になりましたら、とことん訊いてしまう性格でして、しつこく尋ねました。ですが、なかなか安倍川さまは、はっきりとしません」

善右衛門はひと呼吸してから、

「もしや、鉄砲を失《な》くしたのではないかと思い、その旨をききました。そうしましたら、帰途の道中で盗まれたのだと。鉄砲だけでなく、他の金目のものも盗まれたと。それであれば、被害を届け出たらどうかと促してみたのですが、それだけは出来ないと」

「どうしてでしょう」

「教えてくださいません。まさか鉄砲を盗まれたことで叱責《しっせき》はされても、御家《おいえ》が取り潰《つぶ》しになることはないでしょうし」

善右衛門が答えられることはそれくらいだった。

夜になり、与四郎は鳥越の新太郎の元へ行った。

そこには、手下の栄太郎らの他に、千恵蔵や勝小吉の姿もあった。

与四郎が来るまでに、深刻な話をしていたようだ。

「どうなされたので？」

与四郎がきくと、

「もうその三人は、江戸にいないことがわかった」

勝が言った。

尚歯会に入っている知り合いの学者から坂らの知り合いだという体裁をとって聞き出したようだった。

その学者も実際のところ何が起こったのかわからないが、坂、影井、久留宮は盗みを働いたそうで、尚歯会から脱退させられたという。ただし、やめる際にも高野長英が随分と面倒を見ていたともいう。

「そういや、お前さんは長英先生とも話す仲ではないのか」

千恵蔵が思い出すように言った。

「いえ、何度かお話ししたことはございますが、それは商売でのこと。それも田原藩の渡辺さまを通しておりましたので」

与四郎は答える。

「渡辺さまというのは、どんなお方なのだ」

勝がきく。

「多才な上に、人徳を兼ね備えているお方です。家老であるにもかかわらず、私のような小商人にも丁寧に接してくださります。頼まれごとをすれば、必ず礼をしてくださいますし、私にとっては生き仏のようなお方です」

少し大げさに言い過ぎたかもしれないと思いつつも、素直な気持ちであった。

「なら、長英先生や他の尚歯会の面々も渡辺先生のことを尊敬しているのか」

勝が前のめりにきいた。

「それは、もう……」

与四郎は頷く。

「だったら、お前さんが渡辺さまに頼んで、あの三人のことをきき出してもらえぬか。

もしかしたら、渡辺さまはすでにご存知かもしれぬがな」

勝の目が鋭く光る。

「しかし、渡辺さまが応じてくださるか」

「とりあえず、やってくれるな」

勝はいきなり与四郎の手を取って、

「頼んだ」

と、強引に任せてきた。

与四郎は引き受けると言うしかなかった。

その後、新太郎が与四郎の顔を覗き込むように、「ところで、何か報せることがありそうだな」と、告げてきた。

「はい、安倍川忠興さまについてです」

与四郎は皆に、武蔵屋善右衛門から聞いた話をした。

皆が安倍川の鉄砲は、坂、影井、久留宮に盗まれたのだと推察した。

千恵蔵は顎《あご》に手を遣《や》りながら、「おそらく、横瀬さまはそのことを割り出し、ひとり安倍川さまの元へ向かった。そして、捕らえられたのだ」と、言い切った。

「親分の仰る通りかと」

新太郎や栄太郎が同調する。

与四郎もそう考えた。

「だが」

勝だけは納得しないように、首を傾げた。

「大して役に立たないだろうと思って言わなかったが、安倍川の噂を聞いてみた。安倍川と相対替えをした相手とちょっとした知り合いでな。そいつが言うには、安倍川は真面目過ぎるような男で、曲がったことが嫌いだという。賄賂《わいろ》を貰《もら》うことさえも強く非難して、御側御用取次衆の時にも、上役や仲間に嫌われていたそうだ。上様からの信頼は厚かったせいもあって、他の御側御用取次衆からはいじめに遭《あ》っていたが、それでも意に介さなかった。なので、安倍川が倅《せがれ》の為に、辞任したときには皆大喜びだったそうだ。そういう男だから、安倍川が保身のために横瀬殿を捕らえているとは思えん」

勝は言い放った。

それから、急に改まったように、「ともかく、渡辺さまへ」と念押ししてきた。

「はい」

与四郎は勢いよく答えた。

この場がお開きになり、自宅へ帰ってから、小里に新たにわかったことを話した。

小里は勝の考えている通り、「渡辺さまであれば、立場からしても尚歯会のことを聞き出すことはできるでしょう。それに、安倍川さま自身の考えで横瀬さまを捕らえているかは別として、安倍川さまのお屋敷にいることはおそらく本当のこと。明日の朝にでも、田原藩の上屋敷へ行った方がよろしいかと」と、言った。

以前の小里であれば、いくら世話になっている人の為とはいえ、厄介事に首を突っ込むことには反対していた。

それが、まるで違う性格になったようだ。

与四郎はどうしてだろうと、小里をまじまじ見た。

「どうしたのです?」

小里が不思議そうにきき返す。

「変わったな、と思って」

「そうですか?」

「前なら反対されていた」

「でも、今回は横瀬さまのことですから。それに、日比谷さまもまだ……」

「それでもだ」

与四郎は言った。

「そうですか」

小里は考えるように、畳の一点を見つめながら、

「病で臥《ふ》せているときに、色々なことを想いました。今まで私のしてきたことが正しかったのかとか、お前さんを引き留めるようなことが多々あったけど、それが間違っていたのかもしれないとか。もしかしたら、変わったのかもしれませんね」

と、小さく呟いた。

「そうか」

与四郎は小里の肩に手を乗せた。

「明日の朝、渡辺さまに掛け合ってみる」


明朝、鳥のさえずりがやけに騒がしかった。一段と寒くなって来た。与四郎は六つ半（午前七時）に、三宅坂《みやけざか》の田原藩上屋敷へ赴いた。

門番に取り次ぎを頼むと、門前で四半刻ほど待たされたが、渡辺がやって来た。崋山というのは号で、通称は登《のぼり》という。

頰《ほお》に無駄な肉がついていない、きりっとした眉目《びもく》の男だ。

こんな朝から何事かという表情で、

「与四郎、暫《しばら》くだな」

と、声をかけてきた。

「はい」

与四郎は頷いてから、

「今日はお願いがあって参上仕《つかまつ》りました」

と、告げた。

「左様か。大事なことであろうな」

渡辺は察したように、裏庭の見える客間に招いてくれた。

「ここなら、誰にも話は聞かれまい」

「ご配慮恐れ入ります」

「で、何事だ」

渡辺が厳しい表情で問う。

「尚歯会に関わることでございます。渡辺さまは坂半平太さま、影井三郎さま、久留宮左介さまという御三方をご存知でしょうか」

「うむ、近江日野藩をぬけた者らであろう」

「はい。その御三方が尚歯会をやめさせられたことはご存知で？」

「なに」

「盗みを働きましたそうでして。その盗んだものというのが、おそらくは鉄砲三挺。安倍川忠興さまという旗本から盗んだものでございます。その鉄砲三挺が日比谷要蔵さまの道場にあり、熊坂さまに捕らえられました」

「日比谷殿のことは存じておる。長英先生から聞いておる故な。三人はなかなかに過激な思想にのめり込んでおった」

「過激な思想とは？」

「それは、いくらお主であっても」

渡辺は否定しかけたが、

「だが、お主は横瀬殿や日比谷殿の為に動いているのだな」

と、確かめてきた。

「はい」

与四郎は力強く頷く。

「実を言うと、三人はその鉄砲を使って鳥居耀蔵殿を暗殺しようと画策した。鳥居耀蔵というのは儒学者・林述斎の次男で、蘭学を毛嫌いしておるのだ。だからということだろう。三人は同志を募ろうと、尚歯会の面々に計画を話していたという。だが、反対するものが多く、三人は尚歯会をやめるはめになったのだ」

渡辺はひと呼吸ついてから、

「その後、尚歯会とも関わりのある日比谷殿の元へ行ったが、日比谷先生は激怒なされて、三人の鉄砲を取り上げたと長英先生から聞いておる」

「やはり、日比谷先生は何も悪くなかったので」

「むろんだ。長英先生はそのことを上訴すると言ったのだが、他の尚歯会の面々がそのようなことをすれば、尚歯会すべてに疑いがかかり、潰されかねないと反対しておる。その後、日比谷殿がどうなったのか気にはしていたが、まだ捕まっているとはな……」

渡辺は深いため息をついた。

「大変失礼を承知で申し上げますが」

与四郎は口にした。

「なんだ」

「渡辺さまの方から、頼んでいただけぬものでしょうか」

「……」

「できませんか」

「いや、どこまでできるかわからないが、まずは我が殿に掛け合ってみる」

渡辺は慈悲深い眼差しで頷いた。

与四郎は深々と頭を下げた。

「それだけか」

渡辺はきいた。

「はい」

「先ほど、安倍川忠興殿という名を出しておったが、何かあるのであろう」

渡辺が目を光らせる。

「は、はい」

与四郎は驚きながら頷いた。

「言ってみろ」

「実は知り合いの横瀬左馬之助さまというご浪人が、この件を調べておりまして、安倍川忠興さまのお屋敷で捕らえられております」

「安倍川殿がそのような？」

「わかりませんが、捕らえられていることは確かであろうと」

「そのことを調べてみよう」

渡辺は力強い眼《め》をぐっと見開いて言った。

「何から何まで恐れいります」

与四郎はただただ頭を下げる他なかった。


それから数日後の夕方、与四郎は勝小吉と千恵蔵に呼び出されて、品川の『大森屋』の二階大広間へ行った。そこには、高野長英と、見知らぬ上品な佇《たたず》まいの三十代後半の武士がいた。

「こちらは、安倍川忠興殿だ」

勝が言うと、安倍川は与四郎に向かって申し訳ないと頭を下げてきた。

「いえ」

与四郎は何に対して謝っているのか困惑していると、勝が続けた。

「横瀬殿は釈放された。安倍川殿は、そのことについて全く知らなかったようで、家臣が主君を助けたいがためにしていたことだという」

勝の説明が終わると、

「すべて某《それがし》の責任だ。横瀬殿には必ず償いをするつもりである」

安倍川が恐縮して言う。

「俺は安倍川殿を信じようと思うが、どうか」

勝がきいてきた。

「はい。ただ、鉄砲の件はどういうことだったのでしょうか」

与四郎は安倍川を見た。

すると、高野長英が口を挟んだ。

「坂さま、影井さま、久留宮さまが良からぬことを企《たくら》み、安倍川さまから金品や鉄砲などの武具を盗みました。もう死ぬのだからと、この『大森屋』で三日三晩女を抱いてから、ある人物を、まあ」

長英は言葉を濁す。

勝や千恵蔵は知っているのか、何も言わない。

与四郎も追及しなかった。

「それで、三人尚歯会をやめることになりました。しかし、突き放しては何をしでかすかわかりませんので、どうしたものかと思っていると、日比谷先生が三人の身柄を預かってくださると仰ったのです。日比谷先生はまず鉄砲を取り上げ、三人を江戸から遠ざけ、改めて安倍川さまに謝罪へ行くつもりでした。盗んだものは返して、遣ってしまった金はご自身で埋め合わせようとまでなさいました」

日比谷の後ろ盾に、名古屋の豪商伊藤次郎左衛門がいる。道場主の身だけで、大金を立て替えるわけにはいかないだろうから、おそらく伊藤に頼るのだろう。

そこまで長英が言うと、次は安倍川が話し始める。

「鉄砲は江戸から出るときには許可なく持ち出せるが、平塚からの帰りは入鉄砲になるので証文を水野越前守さまに書いて頂いた。それで、まずは水野さまに相談すると、鉄砲紛失の件はこちらでうまくやるから、被害の届けを出すことはするなと仰せになった。某に非があるので、従う他なかったのだ」

だから、武蔵屋の提案にも応《こた》えられなかったというのか。

ようやく合点した。

しかし、

「水野さまは何故、そのようなことを言ったのでしょう」

と、与四郎は疑問を口にした。

「水野さまを嫌う方々が、些細なことで難癖をつけて老中から引きずり降ろそうとするそうで。責任が及ばないために、隠すしかなかったのだろう。しかし、そのせいで、日比谷殿に多大な迷惑が……」

安倍川は詫《わ》びるように、小さく頭を下げる。

場は静まった。

それを打ち破るように、

「長英先生、あのことを」

と、促した。

「そうだな」

長英は与四郎に顔を向けて、

「なぜ日比谷先生の元に鉄砲があるのが知られたのか。それに、なぜ日比谷先生が鉄砲を処分する前に捕まえるという早業ができたのか。すべては、尚歯会に出入りしていたある医者のせいだ。その男を怪しいと見抜けなかった私にも責任がある」

と、悔いるように言った。

「その男というのは？」

与四郎は恐る恐るきいた。

「本庄茂平次だ」

「本庄茂平次……」

与四郎は思わず、千恵蔵を見た。

千恵蔵は咄嗟に、「あっしも見抜けませんでした」と、長英の肩を持つ。

「ですが、この与四郎は怪しいとずっと感じていました」

「商人の方が、見る目は肥えておるな」

長英が言う。

「いえ、そんな……」

与四郎は否定すると共に、茂平次と関わりのある太助が心配になってきた。千恵蔵はそれを察したようで、「太助と話し合った方がいい。もし、太助が信じないようなら、こちらにいる皆さまが手伝ってくださるとのことだ」と、言ってくれた。

「茂平次はこれを鳥居耀蔵家臣の岸本幸輔に告げた。そこから、鳥居の意向を汲《く》んでなのかどうかわからないが、同心の熊坂が動いている。熊坂については新太郎が調べた通り、北町奉行の大草高好殿の刀剣の目利きの問題で、信用を落としているので罪をでっち上げてでも手柄を立てたかったのが本音であろう」

勝小吉が言う。

「では、大草さまにこのことを告げれば、もしかしたら」

与四郎は言う。

「ああ。それは、渡辺さまがしてくださった。手ごたえはいいようで、大草さまも釈放に向けた手続きを踏んでいるそうだ」

勝が答えた。

与四郎の胸には期待が兆し始めていた。

それから、親睦《しんぼく》を深めようと勝が言いだし、宴《うたげ》が始まった。

夜も深くなり、与四郎は町駕籠で深川佐賀町の『足柄屋』へ帰った。

すると、居間から何やら三人の話し声が聞こえる。

小里と太助と、もうひとり低い男の声。

与四郎は急いで居間へ行った。

横瀬左馬之助が振り返った。やつれて、伸びきった髭《ひげ》と月代《さかやき》であったが、満面の笑みを見るに、日比谷が直に釈放されることも知っているのだろうと感じた。

太助も久しぶりに屈託のない笑顔でいる。

本庄茂平次のことが気がかりであったが、いまはともかく、横瀬が帰ってきたこと、そして、これから日比谷が自由になることに、与四郎自身、大きな喜びに浸っていた。

本書は時代小説文庫（ハルキ文庫）の書き下ろし作品です。